劳伦斯短篇小说选集

骑马出走的女人

[英] D.H.劳伦斯 著

曾 攀 苏宇冯 译

中国言实出版社

图书在版编目（ＣＩＰ）数据

骑马出走的女人：劳伦斯短篇小说选集／（英）

D.H. 劳伦斯著；曾攀译 . —— 北京：中国言实出版社，

2017.4

ISBN 978-7-5171-2244-9

Ⅰ . ①骑… Ⅱ . ① D… ②曾… Ⅲ . ①短篇小说—小说

集—英国—现代 Ⅳ . ① I561.45

中国版本图书馆 CIP 数据核字 (2017) 第 041420 号

出 版 人：王昕朋

总 监 制：朱艳华

责任编辑：佟贵兆

文字编辑：张 强

　　　　　张 朕

封面设计：水岸风创意文化

出版发行　中国言实出版社
　　地　　址：北京市朝阳区北苑路 180 号加利大厦 5 号楼 105 室
　　邮　　编：100101
　　编辑部：北京市海淀区北太平庄路甲 1 号
　　邮　　编：100088
　　电　　话：64924853（总编室）64924716（发行部）
　　网　　址：www.zgyscbs.cn
　　E-mail：zgyscbs@263.net

经　　销　新华书店
印　　刷　三河市祥达印刷包装有限公司
版　　次　2017 年 5 月第 1 版　　2017 年 5 月第 1 次印刷
规　　格　710 毫米 × 1000 毫米　　1/16　　12 印张
字　　数　138 千字
定　　价　38.00 元　　ISBN 978-7-5171-2244-9

目录
contents

菊花的香味 /001

太阳 /024

马商的女儿 /052

美妇人 /072

你触摸了我 /096

普鲁士军官 /119

骑马出走的女人 /145

菊花的香味

一

从萨尔斯顿那个方向，一辆小型的四号蒸汽火车，满载着七节货物，缓缓地开过来，发出哐当哐当的声响。在全速开过一个拐角处时，它的汽笛一响，惊动正在菜豆地里的小马驹，一路小跑便把火车远远地甩在后头。菜豆在阴冷的午后随风晃动着。在往昂德伍德方向去的轨道边，一个女人挽着篮子，沿着矮树篱笆边走着，边看着这列火车缓缓地开过去。她呆呆地站在连成一线的黑色火车和沿线矮树篱笆之间，看上去那么渺小、孤立。这些敞篷的火车，一节连着一节，弯弯曲曲地向灌木丛边开过去。在远处，那些栎树落叶铺满一地；路边的小鸟正拖着红尾巴飞进黄昏的树丛。火车冒出的灰烟粘在铁轨边的杂草上。阴郁的田野，仿佛遭人遗弃。这是一片令人不安的沼泽，泥塘里长满了芦苇，家禽早已不在树间觅食，回到涂满柏油的窝棚。在天色逐渐暗淡的傍晚，太阳像红疮吞噬着泥塘的远处那些赫然矗立的矿井。那里就是布林利煤矿的烟囱和黑乎乎的笨重的机车。机车的飞轮正在飞速运动，高高立在空中的卷扬机也在吱咯吱咯地转动着。不一会儿，矿工们便给卷出来了。

火车呼啸地开进了煤矿附近的火车站，那里候着成排的货车。

一群群矿工们正拖着沉重的脚步，如影子一样往各自的小家走着。

铁轨像一根根肋骨，旁边堆着一些煤渣，往煤渣边走三个台阶，就是一幢低矮的小屋。小屋上紧紧地贴着一根已然光秃的葡萄藤，窜到屋顶上，仿佛要揭开这屋顶。砖砌的院子种着一圈报春花。远处，长长的花园沿着斜坡，可以一直通到长满灌木丛的小河道。小河道边长着一些枝繁叶茂的苹果树，还有一些乱蓬蓬的卷心菜。小路边零星地开着一些粉色的菊花，像一件粉色的衣裳掉在灌木丛上。通往花园的半路上，有一个用油毛毡盖着的鸡窝，一个女人正猫着腰，关门上锁，然后站直身，拍着白围裙上的脏东西。

她是一个高个子，眉毛乌黑，光滑的头发整齐中分的女人，端庄温和中透着高傲。她直直地站了一会儿，看着走过铁路的矿工，然后转身往小河道走。她的嘴因失望而紧闭着，脸色却平静而果断。过了一会儿，她喊着："约翰！"没有人回答。她等了一会，接着喊道："你在哪里？"

"在这里！"一个小男孩气呼呼的声音从灌木丛间传出来。

"在河边吗？"她生气地问道。

一个小男孩从鞭子一样的树枝前钻出来。他看上去有五岁了，静静地站着，脸上带着挑衅的神情。

"哦！"母亲柔和地说，"我以为你在下面那条湿湿的小河边……你还记得我和你说的……"

男孩一句话也不说。

"走，我们回家，"她更温和地说，"天快黑了，你外公的火车就来了！"

小家伙慢慢地跟着走，显然不高兴，还是一声不吭。他穿着宽大的裤子和马甲，看上去很重，显然，这些衣服是用成年男人的衣服改成的。

在走向小屋的路边，小家伙随手扯下一把菊花，把花瓣一片片地沿路扔着。

"别扯菊花了，那样不好！"母亲说着。他也停住了。可是，她自己却忽然爱怜地折下一枝菊花，上面有三四朵花惨淡地开着。她把菊花紧紧贴在脸上。母子俩走到了院子，她的手动了一下，却没有扔掉花，反而把花插到围裙上。两个人站在院子上的三级台阶，看着穿过铁轨的矿工们。突然，火车从远处开过来了，快到这小屋时，车头就停了下来，停在这小屋的院门对面。

车头的驾驶室里探出来一个长着灰白络腮胡的小个子男人，俯视着这个女人和孩子。

"有茶吗？"他欢快地问。

这是她的父亲。她回答说有，就走开了，不一会儿又折回来。

"我礼拜天没来看你。"她的父亲说着。

"我没想着你来。"女儿回答着。

火车司机有些惊讶，但马上就又恢复了高兴的神情说："哦，那你听说了吗？你是怎么想的……"

"我觉得太快了。"她回答。

听出她简短的指责，小老头做了不耐烦的手势，冷冷地说：

"唉，一个男人还需要什么呢？像我这个年纪的人，坐在自己的家里冷清清的，这是什么日子呢？要是我打算再婚，年纪又太大了，可是这关别人什么事呢？"

女儿没有说话，转身回到小屋。父亲仍然是一副得意的神情，直到她走出来，一只手里端着一杯茶，另一只手里托着盘子，里面放了一片涂黄油的面包。她走上台阶，靠近嘶嘶作响的机车轮子。

"你真的不用给我拿黄油面包，"她父亲说，"我只要一杯茶……这茶不错。"他喝了一口，接着说："听说瓦尔特又发酒疯了。"

"什么时候？"女人痛苦地问道。

"听人说，他在尼尔森贵族酒馆吹牛，说自己花了半个金币消遣了一晚。"

"到底是哪一天？"女人继续问。

"礼拜六晚上——我知道这是真的。"

"很可能，"她脸上露出一丝苦笑，"那天他只给了我二十三先令。"

"唉，男人花钱干不动别的，只能糟蹋自己，倒也不坏！"父亲自嘲地说。女人别过头去。父亲喝掉剩下的茶，把杯子还给她，擦擦嘴巴，叹口气说："这也是没办法，真是……"

他握着控制杆，发动了火车，汽笛重新吼叫，开向远处的交叉口。女人望着远处的铁轨，夜色已经笼罩着火车站，灰暗中一群矿工仍在往家走。远处的卷扬机还在飞速地转动，偶尔停顿一下。伊丽莎白·贝茨看着这群疲惫的人，不一会儿，她走回了自己的小屋。她的丈夫还没有回家。

小屋里的厨房狭小，炉火的亮光照着这里；灶口的煤烧得通红。这房间所有的生气仿佛都从洁白温暖的炉边散发着，看，钢制的围炉栏杆映着炉火的通红。餐桌上已经铺好了桌布，准备喝晚茶的杯子在黑暗中微微发光。小男孩坐在屋子里最低的那级台阶上，正在使劲刻一块白木，他差不多被黑暗吞没，看不清楚。已经四点半了，可是他们得等着一家的男主人回来才能喝茶。母亲看着那绷着脸，正在刻木头的儿子，仿佛在儿子的沉默和执拗中看见了自己，也看到了那自私的不顾孩子的父亲。现在，她的心只想着丈夫，可能他已经经过家门，又去附近的酒馆买醉，很晚才会回来。他不在乎家里的晚餐，也不在乎让他们等着。她看了一眼墙上的钟，然后把土豆拿到院子里滤干水。花园和小河早就笼罩在无边的黑暗中，她端着锅站起来，把仍是热气腾腾的刷锅水倒进河道里，让它们流进黑暗中。铁路线和田野的那边，绕着山盘旋的公路两边也亮起了昏黄的灯光。

她看着那群结伴回家的男人，现在越来越少了。

炉中的火眼看就要灭了，屋子里越发昏暗。女人把锅放到炉边的铁架上，顺便把糊状的布丁也放在炉口热着。她一动不动地坐着。屋外响起轻快的脚步声，有人在门口停下。接着走进来一个小女孩，顺手脱下大衣和帽子，用帽子拨开遮住眼睛的一缕卷发。

母亲有点责怪她放学后回家太晚，担心在这样阴冷的冬天她不安全，应该早点回家。

"哎呀，妈妈，天色不算太暗，灯都没点上，爸爸也还没回来。"小女孩说着。

"对，他是还没有回来。可是已经五点差一刻了！你看见你爸爸了吗？"

女孩变得严肃起来，她睁着大而蓝的眼睛若有所思地望着母亲。

"没有，妈妈，我没有看见爸爸。哎呀，他不会是从矿井上来后，去老布林利思酒馆了吧？他不会这样吧，妈妈。我真的没有看见他。"

"我就知道他会这样，"母亲伤心地说，"他会很小心不让你看见的。没错，他一定是坐在威尔士王子酒馆，否则他不会这么晚还不回家。"

女孩怜悯地看着母亲。

"我们开始喝茶吧，妈妈，好吗？"她说。

母亲叫约翰也上桌喝茶，她又一次打开门，望着远方罩在黑暗中的铁路线。已经没有人影了，卷扬机[1]也不再作响。

"可能是被矿上的活缠住了吧。"她自言自语地安慰自己。

他们坐下来围着餐桌喝茶。约翰坐在靠着门的位置，几乎隐没在黑暗中。女孩弯下腰靠在火炉的围栏上，慢慢地翻动着一片厚厚的面包。

小家伙在黑暗中，看着姐姐的脸，在火光的映照下显得特别美丽。

"我觉得火光特别漂亮。"小女孩说。

"是吗？"母亲无心地答着。

"红的真美，你甚至可以闻到它。"

一阵无声后，小男孩有点抱怨说："快点，珍妮。"

"怎么，我在烤啊！我不能让火烤快点，是不是？"

"她一直在胡说，这样就有理由烤得慢点。"男孩嘴里咕哝地说。

"你别那么想，孩子。"母亲劝着。

不一会儿，屋子里就响起了松脆地咬面包声。母亲没有胃口，吃了一点。她很快喝完茶，便坐着发呆了。看着她僵硬挺直的头，显然她的怒火在上升。她看着放在火炉围栏上的布丁，高声地骂起来：

"太可耻了！一个男人连回家吃饭都不能！再这么下去，我不知道我有什么理由继续在乎这个家。经过家门都不回来，却去酒馆。而我呢，在这儿做好饭等他……"

说完，她又出去看了一会儿，仍然是毫无踪影。她回到屋里，开

1　一种挖煤时候用的切割机器。

始给炉子加煤。她的影子映在墙上，她把煤块加得太多，屋子都要被熏黑了。

"我看不见了。"约翰的声音从黑暗中冒出来。母亲也忍不住笑了。

"你倒没忘记嘴巴在哪里。"她说道，把簸箕放到门边，走回站在炉边，朦胧中像个影子。小家伙又咕哝着，生气地抱怨道：

"我还是看不见！"

"天哪！"母亲也生气了，"只要黑一点，你就和你爸爸一样唠叨个不停！"

但她还是从壁炉上扯出一根灯芯，准备去点灯。灯挂在屋子中间，灯绳从屋顶垂下来，她踮着脚终于把灯点亮，露出因怀孕而臃肿的身影。

"噢！妈妈……"女孩惊叫。

"什么？"女人停了下来，垂着手臂回头对着女儿。在灯光的映照下，铜镜中显得她特别漂亮。

"你围裙上有朵花！"女孩大声地说。对于这些不寻常的事，她总是很敏感。

"老天！"女人松了一口气，"人家会以为房子着火了！"她把玻璃灯罩放好，过了一会儿，拨好了灯芯。现在，可以看到地板上有个模糊的影子了。

"让我闻闻！"女孩子高兴地走近妈妈，把脸埋在妈妈的腰间。

"快走开，傻瓜！"母亲爱怜地说，把灯捻亮。灯光下，一家人的不安更明显，这让女人更难受。珍妮仍弯在母亲的腰间。母亲有些生气，把花丛围裙里抽出来。

"哦，妈妈，别把花拿出来！"珍妮叫道，抓住妈妈的手，想把花放回围裙。

"傻瓜！"母亲转过身躯。孩子拿过这支菊花，贴在唇边，低声地说：

"是不是很香？"

母亲无奈地笑了笑。

"不香，"她说，"对我来说。我嫁给他时，有菊花；生下你们的时候，也有菊花。他第一次喝醉酒被抬回家，衣服上也沾着一支枯萎的菊花。"

她看着两个孩子。他们正睁着大眼睛，张着嘴，惊讶不已。母亲只好呆呆地坐了一会儿，屋子里一片安静。她看了看钟，痛苦而漫不经心地说："六点差二十分！现在，他不会回来了。即使回来也是被人抬回来，要不他就躺在地上！他别想睡到床上，就让一身脏煤灰的他躺这里！我不会给他洗澡，让他睡这儿——我真是傻瓜，真是傻瓜！我到这里竟然是为了这个肮脏的家，一群老鼠，还有这一切，而他却偷偷溜去喝酒。上个礼拜，已经去了两次——现在又去了——"

她终于安静下来，站起来收拾桌子。

两个孩子又玩了一个多小时，心里暗暗害怕母亲再生气，也担心父亲这么晚还不回家。贝茨太太正坐在摇椅里，改一件米色的法兰绒衣服，给约翰穿的背心。屋子里，发出沉闷的衣服被撕裂的声音。她一边认真地干着针线活，一边还得看着孩子们玩耍。火气终于没了，她躺下去休息了一会儿，不时睁开眼睛望着，她的耳朵始终听着外面的动静。有时候，外面有脚步声，她又坐起来，停下手中的活计，叫孩子们别发出声音。每次，脚步声过了门口，她又失望地恢复原状，孩子们也继续玩着。

终于，珍妮厌倦了和弟弟的游戏，她看了一眼自己的拖车，叹了口气表示认输。她抱怨地向妈妈喊：

"妈妈！"可是，她又不知道要说什么。

约翰也从沙发底下爬出来，像只小青蛙。母亲看了他一眼，说道：

"看看你的袖子！"

小家伙举着手，看看，也没说什么。外面，铁轨上远远地传来人沙哑的叫声，三个人都立着耳朵听，渐渐地，两个人说话的声音走近了他们的家门。

"你们该睡觉了。"母亲说。

"爸爸还没回家。"珍妮有点啜泣。但母亲似乎很勇敢。

"没关系。他们会送他回来，要是他真的醉成一块木头不能动的话。"她想，应该还不会到这种地步。"他睡在地上，直到醒来。这样的话，他明天就会累得不能上班！"

孩子们用法兰绒布洗了手和脸后，安静地穿上睡衣，做完祈祷。孩子们把脸埋在她的裙子里，想得到一些安慰。母亲低头看着他们，男孩子轻轻地咕哝着，女孩子后颈上缠着褐色蓬松的短发，她心中陡然升起了怒气，都是那个不负责任的父亲，才让他们如此不安。

贝茨太太等孩子们都上床入睡了，她走下楼，屋子里更加空荡荡。她心里有一种期待，也夹杂着紧张。她拿着活计，继续低头缝着。过了一会儿，她内心的怒火又上来了，而且还夹杂着一丝恐惧。

二

墙上的钟敲了八下。她突然扔掉针线活站起来，走到门口，打开门，侧耳听着。她走出去，随手又将门锁上。

走过院子时，她听到有东西在跑动，一定是老鼠在深夜到处乱窜。深夜黑暗无边。火车站的停车场上没有一点灯光，仍然停着大批的货车，只有远处矿井的顶部有几点昏黄的灯光。

她匆匆地沿着铁轨走着，穿过十字路口后，到了一堵白墙，上了阶梯，到了马路上。这时，她的内心更加不安，不祥的预感揪紧她的内心。前面有人正朝着新布林斯利酒馆走去。二十码远的地方就是威尔士王子酒馆，大窗户透出温暖而明亮的灯光，可以听见男人们大声的吵闹，一切都是那么欢乐！而她却在担心，他出了什么意外，这多么傻啊！他应该就在威尔士王子酒馆里，就在那里欢乐着！她想进去叫他，可是却又犹豫了，因为她从来没有去酒馆找过他，也从来没想过这么做。这样想着，不知不觉中已经沿着那一长排的房子走了很远，她茫然地站在公路上，走进了房子之间的一条小路。

"找格莱利先生？——哦，他不在家。"一个瘦骨嶙峋的女人从黑黑的洗碗池边探出身来，盯着她，昏暗的厨房窗户上透出光照在她身上。

"是贝茨太太吗？"这个女人用尊敬的口吻问着。

"是啊。我想知道你先生在家吗？我先生还没回来。"

"是吗？啊，杰克已经回家，吃了饭，可是又出去了。他刚好在睡觉点的半小时前出去。你到'威尔士王子'去找了吗？"

"没……"

"是的，你不喜欢……真的不好。"屋里的这个女人显得很理解。一阵尴尬的沉默后，她接着说："杰克从来没说……提到你家先生怎么样。"

"不，……我倒是希望他在那里！"

伊丽莎白·贝茨痛苦地却又满不在乎地说着。她知道这个女人正站在院子门口听着，但她也管不了这些，正转身准备走。

"等一下。我去找一下杰克，问问他是不是知道点什么。"格莱利太太说。

"噢，不，我不想让你……"

"没关系，我愿意做，只要你帮我看着孩子，不要让他们下楼和玩火，就行。"

伊丽莎白·贝茨含糊地说了几句感谢的话，走了进去。而格莱利太太为房间的杂乱而说了些抱歉的话。

屋子真的太凌乱了。沙发上、地板上到处都是孩子的衣服，玩具散了一地。桌子上铺着美国桌布，可上面都是面包屑、饼渣，还有汤洒出来的痕迹。一壶凉茶放在桌子上。

"哎呀，我们家也是这么乱。"伊丽莎白望着这个女人也应和着。她匆匆系条围巾就出门了，并吩咐说："我很快就回来。"

房间实在太乱了，贝茨太太坐了下来，不禁皱了皱眉。她数了数地板上乱摊着的鞋子，一共有十二只。她叹了口气，心想："难怪，孩子那么多，不乱才怪！"她扫视了屋子里乱丢的杂物。院子里传来两个人走路的声音，接着格莱利夫妇就进来了。伊丽莎白赶紧站起身，格莱利是个高大粗壮的男人。头上鬓角的地方有一块蓝色的疤，据说那是在矿井里受伤留下的。受伤后，伤疤里的煤灰没有洗干净，就留着煤灰色，有点像文身。

"他还没回家？"男人直接地问，一点也不客套，但口气充满尊敬和同情。"我也不知道他去哪儿，他不在那儿！"他扭了扭头，"那儿"意思就是威尔士王子酒馆。

"他可能去紫杉树酒馆了。"格莱利太太说。

大家都停下来，没有说话。格莱利显然有心事。

"当时放工的汽笛[1]已经响起，我完成任务就离开他走了。我走时，已经比下班时间晚十多分钟。当时我问他，'瓦尔特，你怎么还不走？'他说，'你先走，我过会儿走。'所以，我就从井下先上来了。我和鲍威斯估计他会坐下一趟罐车[2]上来……"

说完，他有些手足无措地站着，仿佛在等着承受离开伙伴的责骂。现在，伊丽莎白·贝茨更加肯定瓦尔特出事了，可是她又安慰自己，急忙跟着猜测：

"我也希望他是和你说的那样，去了紫杉树。这不是第一次了。刚才我看他没有回家，我很烦躁。他们把他搀回来，会很快到家的。"

"是啊，不会太坏的。"格莱利太太有些叹息。

"那我现在去迪克家看看，瓦尔特是不是在他家。"男人主动地说，他有点担心自己太害怕了，而不能好好地解决这件事。

"哦，我真没想，给你们添这么多麻烦"。伊丽莎白·贝茨诚恳地说。不过，格莱利知道她非常想他去迪克家看看。

他们出门跌跌撞撞地走着，当伊丽莎白·贝茨听见格莱利太太穿过院子跑到邻居家的脚步声时，突然觉得全身的血都被抽走了。

"小心点！"格莱利提醒自己的太太，"我说过很多次了，一定要把过道的沟填平。不然，总有一天会有人在这里摔断腿的。"

她吸了口气，努力恢复一下，跟着格莱利飞快走着。

"没人在家，我担心在家的孩子们。"

1　汽笛鸣放以表示交接班的结束。
2　其实就是装满了人的笼子车。

"是啊，你不用去！"他客气地回答。他们很快走到她家门前。

"我很快就会过来的。不要担心，他不会有事的。"男人说着。

"太谢谢你了，格莱利先生。"她说。

"不用客气。"他一边有些结巴地说，一边继续走，"我很快就来。"

伊丽莎白·贝茨走进了自己的家，屋里静悄悄的。她摘下帽子和披肩，卷起地毯。然后，她静静地在椅子上坐下来。这时，已经过九点了。矿井上的卷扬机突然又发动了，她被吓了一跳，听那卷扬机下降时，拉着绳子的机器呼呼响着。她再一次觉得全身血液都在紧张地奔流，她不由地举起手，高声喊着："天哪——怎么才九点钟！"过了一会儿，她又自责自己太紧张了。

她继续纹丝不动地坐着，仔细听着外面的动静。这样，不知不觉中又过了半个小时，她觉得自己累极了。

"我为什么要苦苦地等着呢？"她哀怨地自言自语，"这样什么也不能解决，只会更烦恼。"她又拿起了针线活。

十点差一刻了，外面响起了脚步声。一个人来了！她盯着门，等着门被推开。进来了一个女人。这是一个上了年纪的女人，带着无边的黑帽子，披着黑色的羊毛披肩，哦，是瓦尔特的母亲！她差不多六十岁了，脸色很苍白，有一双蓝眼睛。脸上都是皱纹，显得那么悲苦。进门后，她关上门，转向伊丽莎白·贝茨，生气地叫道：

"啊，丽兹，我们该怎么办呢？怎么办？"

伊丽莎白·贝茨警觉地挺直身子，问道：

"怎么了，妈妈？"老妇人坐在沙发上，

"我不知道，孩子。我不能告诉你。"她缓缓地摇头，伊丽莎白紧张地盯着她，心中又焦急又担心。

"我不知道。"老妇人长长地叹气，"烦恼总是没完没了。我受过太多的苦，我总以为已经够了……"眼泪顺着她的皱纹淌下来，她也没有去擦。

"可是，妈妈，"伊丽莎白打断了她，"你这话是什么意思？发生什么了吗？"

老妇人慢慢地擦了眼泪，止住了泪水。

"可怜的孩子，哎！你这可怜的孩子！"她忍不住地哭道，"我不知道我们应该怎么办，我不知道……而你也会一样……出事了，确实出事了！"

"他死了吗？"伊丽莎白的心不禁跳得厉害，可她还是问出口了。她有些为自己羞愧，这样直接地问。她的话也让老妇人吓了一跳，几乎觉得事情就是如此。

"不要这么说，伊丽莎白！我们都不希望那么糟糕。愿上帝宽恕我们。我正在镜子前坐着，准备睡觉的时候，格莱利来了，告诉我说'贝茨太太，你最好到铁轨那边去。瓦尔特出了点事故，你最好去陪他的妻子，直到我们把他弄回家。'我没来得及问起，他就走了。我就戴上帽子，顺着铁轨过来了。丽兹，我想'唉，那可怜的孩子，要是有人突然来告诉她这件事，不知道她会怎么样呢'你先别为这件事伤心，孩子，——你知道你正怀着孕，有几个月了？——六个月——还是五个月，丽兹？唉！"老妇人摇着头，"时间过得太快了，太快了！唉！"

伊丽莎白脑子乱极了，各种念头一起闪现。要是他真的死了，她能靠着那点微薄的抚恤金过日子吗？她会干什么呢？——她飞快地计算着。要是他只是受伤了，他们不会把他送到医院，只会放在家里，那她要天天照顾他，那有多烦人啊！不过，这样也许能让他趁机戒酒，戒掉其他不良嗜好。她一定会做到的。想到这里，她忍不住泪水在眼睛里打转。她是多么伤心啊！可是，孩子们呢？出了这种事情，她是孩子们的依靠了。抚养他们长大是她的责任啊。

"唉！"老妇人不住地叹气，"想起他第一次交给我工资的情形，好像就发生在一两个礼拜前。嗯，他是个多好的小伙子啊，伊丽莎白，他是这样的，他有自己的方式。我也不知道，后来，他怎么有了那些坏毛病，我不知道。他在家的时候，一直是个快乐的小伙子。成天充满激情，兴高采烈的。不用说，他现在有些坏毛病。我希望上帝宽恕他。宽恕他，宽恕他！你和他有一些矛盾，伊丽莎白，你和他之间确实有些矛盾。可是，当年他在我身边的时候，他是个快乐的好小伙子。他是的，我保证。我不知道，他怎么……"

老妇人一直唠叨着往事，一成不变的声音使得伊丽莎白不能专注于自己的心事。卷扬机突然又发动起来，制动器带着尖利刺耳的声音在旋转，她被吓了一跳。慢慢地，引擎的声音又轻了，制动器也安静下来了。老妇人完全没有注意到这些。伊丽莎白不安地等着。老妇人也陷入了沉默。

"可他不是你的儿子，丽兹，区别就在这里。他小时候的样子，我一直记得清清楚楚。我学着了解他，为他着想。你也得为他着想。"

十点半了，老妇人还在说："可是，生活到处都是烦恼，永远不会没有烦恼，永远不会那样——"这时，大门突然打开了，台阶上响起了沉重的脚步声。

"我得走了，丽兹。让我走。"老妇人尖叫着，站起身。这时，伊丽莎白已经到了门口，门口站着一个穿矿上制服的男人。

"我们把他抬回来了,夫人。"他说。伊丽莎白的心一下子悬起来,紧接着又剧烈地跳动,她几乎要窒息了。

"他是……事情有多糟?"她问。

这个男人转过脸,对着黑暗说,

"医生说他已经死了几个小时了。"

刚好站在伊丽莎白后面的老妇人,身子一下子瘫倒在椅子上,她的手开始狂乱地摆动,哭着叫道:"啊,我的儿子呀,我的儿子!"

"嘘,别出声!"伊丽莎白皱着眉头说,"安静点,妈妈,孩子们在睡觉,不要吵醒他们。无论如何,我都不想他们下来,看见这一切。"

老妇人轻声地哭着,身体不住抽搐。那男人退出了门口,伊丽莎白往前走了一步,问道:"怎么发生的?"

"嗯,我也不太清楚。"那个男人回答道,他显得很不安。"他完成定额时,大家都走了,一块大石头掉下来挡住他了。"

"砸死他了?"寡妇叫着,全身都在战抖。

"没有。"男人说,"石头掉在他的后面,堵住了出口。他脸朝下,石头没有碰着他。但石头把他堵在里面,他好像是窒息而死。"

伊丽莎白倒吸了一口凉气。只听见老妇人在背后哭叫着:"什么?——他说什么?"

男人提高声量说:"他是被闷死的。"

老妇人顿时号啕大哭,听到老妇人的哭声,伊丽莎白觉得内心的痛楚少了些。

"噢,妈妈,"她把手放在老妇人的身上,安抚她,"不要吵醒孩子,不要吵醒孩子。"

她也哭了,不知所措,而老妇人还在抽搐着。伊丽莎白想起了他们还要把他送回来，而她需要把屋里收拾一下。"他们会把他放在这里。"她脸色苍白地自言自语，茫然不知所措地呆呆站了一会儿。

然后，她找到了一根蜡烛，并将它点亮，走进里面的小房间。小房间里因为没有壁炉，所以不能生火，格外地阴冷潮湿。她放下蜡烛，烛光照在闪光的镜子里，照到装在粉色菊花的两个花瓶上，照在那些老旧的桃木家具上。屋里都是菊花冰冷的死亡的气味。她站在那儿看着这些菊花，想着沙发和橱子间是不是有足够的地方能放下他。她推开了椅子，空间大了一些，这样，不仅能放下他，边上还有空间站别的人。然后，她拿了块红色的旧桌布铺在地上，这样就可以不用地毯了。离开客厅的时候，她忍不住战栗。她顺便从梳妆台下的抽屉里拿出一件干净的衬衣，放在炉火边烘着。老妇人却一直坐在椅子上抽泣。

"妈，你不能坐那里。"伊丽莎白说，"他们会把他抬回来，你坐到摇椅上吧。"

老母亲机械地站起来，坐到炉火边，还是伤心哭泣。伊丽莎白走进厨房，又拿出了几支蜡烛。就在这时，她听见他们来了。她一动不动地站着，听见他们穿过房子的一头，吃力地上台阶，脚步声和讨论声混杂在一起。老母亲也安静下来。这些男人一起走进了院子。

接着，矿井的经理马修斯说："你先进去，吉姆。小心点。"

门开了。两个女人看见一个矿工抬着担架的一头，倒着走进房。担架上露出死者的钉了钉子的靴子。他们慢慢地走进来，前面的那个人低下头以免碰到门框。

"把他放在哪里？"这个长着白胡子的矮个经理问道。

伊丽莎白猛然清醒过来，拿着那些蜡烛从厨房走出来。"在客厅里吧。"她说道。

"放在那里，吉姆！"经理指挥着，两个抬担架的人倒退着走进来。他们笨拙地走过那两道小门，不小心弄掉了盖在死者身上的外套。两个女人看见他们的男人光着胳膊躺着，老母亲发出了恐怖的压抑的声音，又开始哭了。

"放在这儿。"经理急促地说，"把衣服盖上，小心点，小心，看你……"

一个男人把一只装菊花的花瓶碰掉在地上了。他尴尬地愣了一下，然后放下担架。伊丽莎白没有看他的丈夫。她走进屋里，先收拾地上的花瓶碎片和花。她把地上的水抹干，然后说，"等一下。"三个男人沉默地等着。

"唉，这真是怪事，怪事！"经理皱着眉头说，也为这场祸事不知所措。"我一辈子，都没有碰见过这样的怪事，从来没有。他已经完成工作，应该走了，可是就有一块石头掉下来，把他堵在里面了。还没有四尺的空间，而且石头没有砸伤他。"

他说完低头看着死者。死者面朝下躺着，光着膀子，身上都是煤灰。

"真是邪门，"医生也说，"这是我见过的最可怕的事，仿佛是上帝故意做的。石头掉下来，把他卡在里面，像一个捕鼠器。"他一边说着，一边做了个快速向下的手势。

矿工们站着，绝望地摇着头。这件恐怖事件让所有的人都心惊胆战。

这时，楼上传来小女孩的尖叫声："妈妈，妈妈——是谁啊？妈妈，是谁？"

伊丽莎白冲到楼梯口，打开门，严厉地呵斥着小女孩："去睡觉，你嚷什么？马上去睡觉……没事……"

说着，伊丽莎白走上楼梯。他们清楚地听见她走在木板上，对女孩说："怎么了？你是怎么了，小傻瓜？"她的声音战抖，却又那么温柔。

"我以为有人来了。"小女孩埋怨地说，"他回来了吗？"

"回来了，他们送他回来了。不用担心。快睡吧，好孩子。"

他们听见她在卧室里说话的声音。她给孩子盖好被子。小女孩还是胆怯地小声问着："他喝醉了吗？"

"不，他没醉，他——他睡着了。"

"睡在楼下吗？"

"对，一动都不动。"

沉默了一会儿，男人们听见小孩惊恐地说："那是什么声音？"

"我告诉你没什么，你还担心什么呢？"

小女孩听见的声音是祖母的呜咽。她坐在椅子上晃动着，抽泣着，忘了周围的一切。经理抓了抓她的胳膊，对着她说："嘘，嘘。"

老母亲睁开眼睛，看着他。她很疑惑地看着这一切。

"几点了？"孩子带着一丝抱怨轻声地问着，慢慢地进入了梦乡。

"十点了。"母亲更轻声地回答。她肯定俯下身来，亲了亲孩子。

马修斯向几个男人招手示意大家离开。他们戴上帽子，拿起担架，轻手轻脚地走出屋子。直到离开屋子很远，他们才开口说话。

伊丽莎白下楼的时候，只看见老母亲跪在客厅的地板上，对着她那死去的儿子，眼泪不断地滴在死者的身上。

"我们得为他准备丧礼。"妻子说着。她把冰冷的水壶放在炉子上，然后回来跪在地板上给丈夫解鞋带。房间里只点了一支蜡烛，还是那么阴冷潮湿，而且昏暗。她只好低下身子，脸都差不多碰到地上。终于，她脱下了那双沉甸甸的靴子，搁在一边。

"现在，你得帮我。"她低声对老母亲说。她们一起脱掉了这个男人的衣服。

她们站起来，看着他躺在那里，那么安静和肃穆，她们心里充满对死亡的敬畏，呆呆地站了一会儿。很长一段时间，她们就那么站着，低头看着他。老母亲又开始啜泣。伊丽莎白没有哭。她看着自己的丈夫那么安详地躺着，那么不可亵渎地躺着。好像他们之间没有一点关系，她不能接受他的疏远。她便弯下腰，把手放在他的身上，索取自己作为妻子的权利。因为他被闷在矿井底下，所以他的身体仍然很暖和。老母亲捧着儿子的脸，语无伦次地喃喃说着。她老泪纵横，眼泪像雨天不断地从树叶上掉下来雨滴。老母亲不像是哭泣，简直是像河流在流淌。伊丽莎白的脸颊贴着丈夫的身体，吻着他。她仿佛在倾听，在询问，想知道他是不是想说些什么。但她没有成功，她被拒绝了。他是那么坚定而顽固。

她站起来，走进厨房。在脸盆里倒进去些热水，又拿了块肥皂，法兰绒布和一条柔软的毛巾，她拿着这些东西，走了出来。

"我得给他洗洗。"她说。

老母亲僵硬地站起来，看着伊丽莎白小心给儿子洗脸，小心地擦着嘴边亚麻色的胡子。她心里充满了恐惧，她应该给自己的儿子洗。老母亲嫉妒地说："让我给他擦身体吧！"

说完，她就跪在另一边，伊丽莎白在洗完的时候，她就慢慢地擦干。她那黑色的大帽子，时不时碰到儿媳的黑发。她们就这样洗了很久。她们没有忘记这是死亡的尸体。碰到这男人的尸体，她们各自有了奇异的感觉。她们都感到巨大的恐惧。母亲觉得儿子重新回到自己的身体，她不再是他的母亲了。妻子觉得自己和这个人的灵魂多么不相容，肚子里的孩子将是一个新的负担。

终于，她们洗完了他。此刻，他看上去是如此英俊，皮肤白皙，肌肉发达，四肢匀称，脸上一点都没有过度饮酒的痕迹。只是，他已经死了。

"上帝保佑他。"老母亲盯着孩子的脸，低声祷告。她带着一种恐惧和母爱的声音说："亲爱的孩子，上帝保佑你！"

伊丽莎白又倒在地上，脸贴着他的脖子，战抖着，战栗着。但是，她必须离开。他死了，她有生命的肉体无法和他的冰冷对抗。一阵恐惧和疲劳捕获了她：她做这些是徒劳的。丈夫的生命就是这样流走了。

"他像牛奶那么洁白，像十二个月大的婴儿那么纯洁。上帝保佑他，我最亲爱的！"老母亲自言自语地低声说，"他的身上没有一个疤痕，就像孩子一样清澈、干净、纯洁、漂亮。"她骄傲地呢喃。伊丽莎白仍把脸埋在丈夫的身上。

"他走得那么平静，丽兹，平静地就像睡着了。他是不是很漂亮。这个小宝贝，哎呀，他一定找到了天堂，丽兹。他被闷在里面的时候，就已经找到了，丽兹。如果不是这样的话，他不会这样的，他有足够的时间。小宝贝，亲爱的小宝贝。哎呀，你看，他开心笑了。我喜欢听他笑。他常常开心地大笑，丽兹，就像一个小伙子……"

伊丽莎白抬起了头。这个男人的嘴巴，在浓密的胡子的遮盖下，微微张着。眼睛也是半开半合，像是朦胧地睡着了。他的生命已经走了，他们是两个世界的人了。对她来说，她清醒地知道，他是一个陌生人。她对他始终不冷不热，他们仅仅是因为夫妻才生活在一起。这也许就是生活，在生活表面热闹的掩盖下，是完全的分离。她有些害怕地别过脸。生活的真相让人害怕。他们之间似乎毫无联系，可却最后成为夫妻，在彼此面前裸露肉体。很久以前，他们完事以后，他们就像现在一样毫无联系。他们都是不负责任的人。孩子在她的肚子里像冰块。她看着这个死去的人，她的心那么冷漠、清晰地在反问："我是谁？我在做什么？难道我一直在和一个不存在的丈夫斗争吗？如果他始终存在，那我做错了什么？这个和我一起生活在一起的人是谁？可是残酷的事实就在这里，那个男人如今躺在这里。"她的灵魂因为害怕而濒临死亡。她清楚地意识到，他们彼此从来没有真正地了解对方。他们在黑暗中相遇，在黑暗中争斗，可他们从来不知道对手是谁。现在，她看清楚了对手是谁，但却沉默了。因为，她错了。她曾经说过他是双面人，有时候，觉得和他很熟悉。现在，他离她而去了，去了一个她未曾到过的地方，感觉她未曾有过的感觉。

看着他的裸露的尸身，她恐惧而羞愧。她错看了他，他是孩子的父亲。她的灵魂仿佛离开了肉体，站在那儿观望。看着他裸露的尸身，她羞愧万分，好像她没有办法接受他。毕竟，那是他自己，看上去是如此令人恐惧。她看看他的脸，又转向墙壁，他们的神态是如此的不同。她一直不明白自己在拒绝什么，现在，她知道了。她拒绝的是他的身体，这一直存在于她的生活中，也存在于他的生活中。

她感激死亡，死亡让她明白真相。何况，她清楚知道自己并没有随他死亡。

她对他充满着怜悯和悲伤。死前，他遭受了什么折磨？经历了什么样的恐惧？她的身体因极度痛苦而僵硬。她没能帮助他。这个裸体的人，他遭受了痛苦的伤害，她无法补偿他。还有孩子们，可是孩子的生活还得继续。他和孩子们的关系就此结束了。他们只是通过自然的途径把生命流到孩子的身上。她是孩子们的母亲，她知道为人母是多么可怕的事情。而他，现在已经去了另外的世界，一定也会觉得为人丈夫是多么可怕的事情。她觉得，在另外的世界，他们一定是陌生人。如果他们相遇，只会为他们的过往而羞愧。他们因为某种神秘的途径，把孩子们带到这个世界。但孩子们并没有使他们真正地心灵结合。现在，他走了，永久地离开这个世界。就像一段生活的插曲，永远地结束了。在他们之间的战争，现在，他退缩了。一阵怒气冲上伊丽莎白的心上，就这样结束了吗？他们早就没药可救了吗？然而，他曾经是她的丈夫，这点对他而言却是那么的无关紧要！

"拿了他干净的衬衫了吗，伊丽莎白？"老母亲问道。可是伊丽莎白转过身来没有回答。她只是用尽全力哭泣，并且按老母亲所期望的那样哭泣。但她内心一片沉寂，只能沉默。她走进厨房，拿着温暖的衬衣回来。

"烘好了。"她说。她抓着棉布衬衣这里那里试着，有些羞于触摸他的身体。别人是没有权利触摸他的身体，他躺在那儿沉重而没有生气，她的手谦卑地触到他的身体，给他穿衣服真不容易。她仍然觉得恐怖。他就是那么沉重，没有生气地走了。对她而言，他们之间的距离太大了，她必须穿过巨大的鸿沟，这是如此可怕的鸿沟。

终于穿好衣服了。她们用床单盖住平躺着的他。贝茨太太把小客厅的门关好，以防孩子们看见他们躺着的父亲。伊丽莎白终于松了一口气，重新把厨房收拾整齐。她懂得必须尊重生活，现在，生活是她的主宰。但是，面对死亡——那人类最终的主宰，她却是羞愧而胆怯地退缩了。[1]

---

1 沉浸于死亡状态就会丧失生活，因为她已经永失吾爱。她整个的生活所剩下的就只有孩子了。

太阳

一

"带她去晒晒太阳。"医生说。她对太阳心怀疑虑。但仍说服了自己，带着孩子、护工和母亲一起漂洋过海。

轮船在午夜航行。当孩子安然入睡，乘客们都回到甲板上之后，她的丈夫陪着她度过了两个小时的时间。这是一个漆黑的夜晚。哈德逊河在凝重的暗夜中翻腾，波光粼粼的浪涛在激荡。她倚靠在栏杆上，低首俯视：这就是大海；大海出乎意料地深邃，涵纳着无数的记忆。此时此刻，海洋犹如一条狂舞的大蛇[1]在翻腾着。

"我们老是这样分离，很不好。"在她身旁的丈夫说道。"这样一点都不好，我不喜欢现在的状态。"

他的语气有些胆怯，内心充满了疑虑，但仍抱着最后一线希望。

"是的，我也不喜欢如此。"她平淡地回答道。她依旧清晰地记得，他们俩决定离别之际，是多么痛苦。离愁伤绪在她的感情深处泛起了细微的涟漪。这在她的内心烙下了深深的印子。

他们望着熟睡中的孩子，父亲的眼眶变得湿润了。但是现在即便流下眼泪也无济于事了，真正左右着一切的，是深藏着的坚定的习惯，是年复一年的生命的节奏，是根深蒂固的力量的冲击。

1　此语出自《启示录》，那条古老的蛇被魔鬼和撒旦投入了无底洞中。

在他们的生命中，彼此之间力量的互搏是充满敌意的。就像两个不相协调的引擎，相互之间发生撞击。

"全体上岸！全体上岸！"

"莫里斯，你赶紧走。"

她自忖道：他要上岸了！而我则要出海！

轮船缓缓驶离岸边，在午夜沉寂的码头，他挥舞着手帕。他只是送行人群中的一员！他淹没在了人群！的确如此！ [1]

那些摆渡的船只，像一只只巨型的碟子，上面堆积着层层叠叠的灯光，颤颤悠悠地穿越哈德逊河。那个漆黑的河口中的一个黑点就是拉卡瓦纳车站。 [2]

轮船在光源间穿行，哈德逊河一望无垠。绕过了一个弯之后，到达了灯火阑珊的巴特莱。 [3] 自由女神怒气冲冲地高举火炬。耳畔传来海浪翻腾的声音。

尽管整个大西洋仿如熔岩般灰蒙蒙的一片，但他们最后还是来到了太阳底下。她甚至还住进了一座矗立于蔚蓝色的海洋之滨的房子，里面有一个大花园或说是葡萄园，处处可见葡萄藤和橄榄树，沿着陡峭的岩壁垂落下来，一直延伸到平坦的海边；花园中布满了隐秘的地方，茂密的柠檬树林一直垂落到岩土的裂缝和不为人觉察的纯绿色水滩中；一泓清泉从岩洞中汩汩流出，在希腊人到达之前，古老的西库尔人 [4] 已在此啜饮。一只灰山羊在咩咩地叫着，停在一座古墓边，似乎

1　原文为法语：That's that。意为就是那样、的确如此。

2　拉卡瓦纳车站：美国特拉华州、拉卡瓦纳和西部的火车站，终点站位于霍博肯、新泽西，正对着曼哈顿跨过哈德逊河。

3　巴特莱：位于曼哈顿的南端。

4　古老的西库尔人：希腊殖民者之前的东西西里人，主要被锡库尔人占领，后来以锡库尔命名此岛屿。

是肚子饿了。含羞草飘香四溢，向远处望去，白雪覆盖在火山之巅。

这一切尽收于她的眼底，令她身心舒畅。但是这都是外在的，她并不真正关心。她还是那个自己，来自内部的愤怒和焦灼包围着她，对她而言，似乎一切都是那么虚幻。孩子把她搅得心神不宁，内心得不到一丝的宁静。在照顾孩子的问题上，她显得非常恐惧和不安：好像觉得对他的一呼一吸都要负起责任来。这对她、对孩子、对任何对此抱有关心的人而言，都是一种折磨，

"我说，朱丽叶，医生叮嘱你把衣服脱下，去晒晒太阳，你为什么不听医生的话呢？"她的母亲说。

"我觉得适合的时候自然会去。你想杀掉我吗？"朱丽叶朝着母亲咆哮。

"我会杀你吗，绝对不会！我只是为你好。"

"上帝在上，求你别再说为我好了。"

最终，母亲感到很伤心，一气之下走开了。

渐渐地，海上白茫茫的一片，随后便什么也看不见了。瓢泼大雨倾盆而下。在这间朝阳的房子里，顿然感觉到了寒意。

又是一个清晨，太阳暖融融、亮澄澄地，裸露于海平面的边际，冉冉升起。房子面朝东南方向，朱丽叶躺在床上，望着太阳徐徐高升，好像从来没有见过日出一样。她确乎没有亲眼见过如此纯粹的太阳，映在海天之间，澄澈而自然，驱散了内心的黑夜和潮湿。而她也感到了饱满和纯粹。于是，她想要去接近它。

赤裸地暴露于太阳底下的念想，潜藏于她的内心，并逐渐蔓延。她珍视自己的渴求，就像在恪守一个秘密。她很想融化于暖阳之中。

但是这样的话，她不得不离开自己的房间，远离身边的人们。要

想独自一人，跟太阳进行亲密的接触，并非易事，因为在这样的乡间，每一颗橄榄树都布满了眼睛，站在远处的山坡上可以看到一切。

但她还是找到了一个地方：一块耸向大海和太阳的峭岩，底下生长着大片的扁叶仙人掌。在这片郁郁葱葱的仙人掌之外，还矗立着一株柏树，有着粗浅而厚实的枝干，其尖顶在海水的倒映中，柔软地斜倚着。站立着像一个卫士守护着海洋；又像一支蜡烛，发出巨大的火焰，那是背向光亮的黑暗：就像长长的黑暗之舌舔舐着无边的天际。

朱丽叶倚着柏树坐下，把衣服脱了下来。弯弯曲曲的仙人掌覆盖成一片森林，将她隐藏起来，并深深地吸引了她。她坐了下来，面对着太阳敞开胸膛，叹起了气，直到现在，她仍然忍受着极大的伤痛，不肯屈就于残酷，将自己委身于他人：她最终也没有真正的爱人。

阳光在这片蓝色的天堂行走，在移动中，洒下它的辉芒。她那似乎永远不会成熟的胸脯，感受到了大海柔和的气息。但她很难感觉到太阳的存在。她的乳房如大自然中的果实，还未成熟就将凋谢。

然而，不久之后，她觉得阳光探入了胸间，于其中比爱意还暖和，比牛奶和她的婴孩的手掌还温暖。最后，在炽烈的阳光中，她的乳房变成了两串长长的白葡萄。

她赤裸全身，躺在太阳底下，透过指尖，她注视着天空中的太阳，蓝色的圆心有节奏地跳动着，外部的边缘灼眼闪耀。勃动的蓝光令人惊叹，活力四射地从它的边沿散发出蒸汽腾腾的焰光，这就是太阳！它包裹着蓝色的光芒俯瞰她，环绕着她的胸脯、她的脸庞、她的喉咙、她的疲惫的腹部、她的膝盖、大腿和双脚。

她静静地躺着，紧闭双眸，玫瑰色的辉芒照进她的眼睑。显得格外的耀眼。她伸手摘下一片树叶，遮挡自己的眼睛。然后又躺了下去。如阳光下的一只长葫芦，虽还显得嫩绿，但终将成熟起来，变成金灿灿的。

她感受到阳光渗透进自己的骨头；不仅如此，甚至更深地透入到她的情感和思想。她内心黑暗的紧张感逐渐被驱散，她冷峻漆黑的心结开始得以纾解。她开始觉得浑身上下暖融融的。她翻了个身，让肩膀、腰部、大腿另侧、甚至她的脚后跟，都接受太阳光的洗礼。她半睡半醒地躺着，感受着这发生在她身上的奇异的事物。她疲倦而寒冷的内心已然融化，并将继续融化、蒸发。只有她的子宫依旧保持着紧张和坚韧，这是一种永恒的坚韧。即便在太阳底下，依旧无法更改。

她重新穿上了衣服，又再一次地平躺下去，望着那株柏树，在柔柔的细风中，树梢微微地颤动。就在这时候，她注意到了硕大的太阳正在天际持续漫行，她也感受到了自己的坚持。

就在这样的眩晕的感觉中，她半眯着眼睛，走回了家中，太阳很耀眼，让人昏昏欲睡。然而，对她来说，这种恍惚的感觉俨然是一笔财富，而且，她的晕眩、温暖以及沉重的自我意识，都已成为可贵的珍宝。

"妈妈！妈妈！"她的孩子跑到她面前，发出独特的如鸟叫般娇嗔的嗓音。他总是这样地依赖着她。奇怪的是，在她略显恍惚的心里，却第一次对心爱的孩子的叫唤毫无反应。她将孩子拥入怀中，心中却想道：他不应该才这么点儿大！如果阳光能灌入他瘦小的身躯，他无疑将茁壮成长。她还想起了坚韧的子宫，排斥着她的孩子和所有事情。

当孩子的小手搂着她，尤其是她的脖子被牢牢抱着的时候，她感到非常愤怒。她扭过头去。不让孩子再紧搂着她。随后，她把孩子放了下来。

"快跑！"她叫道："快跑到太阳下！"

一到了太阳光底下，她就把他的衣服脱了下来，让他裸露在这片温暖的领地之中。

"到阳光里头玩去！"她说到。

他感到害怕，很想哭。但是她却沉浸在了温煦的懒洋洋的身体里，对外界漠不关心的内心以及坚强不屈的子宫之中。她只是从红色的地板上滚来一只橘子给他，而孩子晃着他那柔软娇嫩的小身子去捡拾。随后，他很快捡到了那只橘子，但马上又丢掉了，因为橘子触碰到皮肤的时候让他觉得很别扭。他回过头去看着她，皱巴着脸蛋欲哭不哭，瞧着赤条条的自己，一脸惊怕。

"把橘子递给我，"她说，令她自己都感到惊讶的是，她对孩子的恐惧竟然如此地无动于衷。"把橘子拿来给妈妈。"

"他不能像他父亲似的长大，"她嘟哝道。"不能像蠕虫一样永远躲避阳光。"

二

孩子充塞着她的内心，责任感对她造成了折磨，好像一把他生出来，她就必须要为他所有的一切负责。即便是他鼻涕横飞地到处乱跑，她的心里都会产生一种强迫性的不自在，对此她似乎不得不对自己说：瞧瞧被你带到世界来的东西！

如今这一切都在悄然发生变化。她不再觉得孩子在自己的生命中有多么的重要，她祛除了由他所带来的一连串的焦虑，并将注意力从他身上转移了出来。她的孩子却因此而更加茁壮地成长。

阳光渗透到了她的内心，她思索着灿烂炽热的烈日。她的生命如今有了一些隐秘的习惯。她经常静静地睡下，直到破晓，看着天空从灰蒙蒙的一片，渐次转而为五彩斑斓，又变成了淡淡的金黄色，看着海天之际的云卷云舒。每当赤裸裸的太阳缓缓升起，向着色调柔和的天空，发出蓝白色的辉芒，她都是如此地欣喜万分。

但是有时候他变得满脸红光，来到她的面前，像一个羞涩的巨人。有时他的面容又变成了紫红色，似乎是面带愠色，踉踉跄跄地向她走来。有些时候又消失在了她的视线之外，当他跑到屋墙的后面时，只见从云朵的边缘撒落金色的辉芒。

她是一个幸运儿。几个星期过去了，尽管拂晓有时候是那么的乌云密布，下午会变成灰蒙蒙的，但是没有一天是阳光黯淡的，大多数的时候，尽管是在严冬，太阳仍然可以蒸腾出明媚的光辉。经常是太阳甫一露面，偌大的野红花就绽放出了紫色和紫白相间的花儿，野水仙也争妍斗艳，仿如星罗棋布一般。

每天她都来到柏树跟前，在山坡上的仙人掌丛中逗留，山脚下生长着黄色的岩壁。她如今变得聪明起来，心思愈发细密，出门的时候，身着一件乳灰色的单衣衫，脚踩着一双拖鞋。这样是为了方便能够尽快地赤裸全身，让身体的每一个部位都暴露于太阳之下。而当她重新把衣服披上时，又换上了灰暗的色调，把自己掩藏起来。

每天从早晨到晌午，她都躺在那株巨大的、舞动着银色爪子的柏树脚下，这个时候刚好是太阳从地平线迅速移行于苍穹之际。如今，她已经能够通过身体的每一处细部，读懂太阳。她内心深处的焦虑，曾经是如此的焦灼不安，在她心里留下一连串的烙印，如今已经灰飞烟灭，就像阳光下的一朵绽露的花儿，花瓣飘零之后，显露的是成熟的果实。还有她紧张的子宫，尽管一度还紧闭着，也已经渐渐打开，慢慢地，慢慢地，当太阳的光线碰触之际，宛如水中盛放的百合花蕊。孕育于水中的百合，朝着太阳升起，最后一直向着太阳伸延。

　　她能了解体内的太阳，在白茫茫的焰火的边缘，熔化的是蓝色的光芒，向大地投下光辉。尽管它是如此这般地普照大地，但是当她赤裸全身的时候，它仿佛就只是注视着她。这便是太阳的奇妙之处，它固然可以将光芒投向无数的人们，但是当它汇聚到她的身上，却仍然如此辉光万丈，如此锦绣灿烂，如此独一无二。

　　既然她对太阳的魅力已经了如指掌，也深信太阳在逐渐渗透她的身体之际能够理解她，那是一种前所未有的感觉，传遍了她的全身，让她产生一种不同凡响的感受，使她想远离尘嚣，傲视芸芸众生。在她看来，世间人们的生命力是如此匮乏，缺少阳光的洗礼。他们像极了墓穴里的蠕虫。

　　尽管是每天赶着毛驴，从乡间古道的小径中经过的农民，他们被晒得那么黝黑，但仍然没能得到阳光真正的洗礼。一个男人内心对生命的自然燃烧的恐惧而滋生的懦弱，乃是精神深处最为细微软弱的恐惧，这使得他不得不像一只蜗牛蛰居在贝壳中。他其实非常胆怯，不敢直视太阳：这时常体现为一种内在的懦弱。所有男人无不如此。

　　凭什么要容许这样的男人！

　　正因为她对人们漠不关心，对男人心存鄙夷，使得她不再关注眼前见到的一切。她曾经告诉过玛丽妮娜———一个在村里帮她买东西的女人——说医生已经给她安排了日光浴。就让自己在日光下尽情地沐浴吧。

　　玛丽妮娜已经是一个年过六旬的妇人了，高而且瘦，腰板挺得很直，披着一头卷曲的灰黑的长发，暗灰色的眼睛透射出精明的气息，她常常面带微笑，似是而非的神情下，掩盖着的是深谙世事的老道。而悲剧的发生，往往就缘于涉世未深。

　　"裸露在阳光底下，想必很漂亮吧？"玛丽妮娜说到，当她盯着其他女性看的时候，眼里总是会露出精明的笑意。朱丽叶蓬松卷曲的头发，在她的庭宇间犹如密密的云层。玛丽妮娜是来自西西里的马格纳人[1]，拥有着遥远的记忆，她又一次将眼光投到了朱丽叶的身上。

"但是如果一个女人是美丽的，她完全可以将自己展现在太阳下，对吗？"她补充道，在这个有着神秘的过去的女人脸上，顿时现出一种奇怪的悄无声息的微笑。

"谁知道我是不是真的漂亮。"朱丽叶说道。

但是不管究竟是不是漂亮，甭管这是不是自相矛盾，她总觉得对于太阳，自己是如此的感激。

当晌午的时候她离开了太阳，有时候她偷偷地走下去，穿过岩壁，逾越峭石的边沿，一直走下河渠之畔，在那里，柠檬树悬挂着映出了冰凉的永恒的阴影。随后她又悄无声息地脱下自己的衣裳，到河里进行一次简短沐浴，那是一个深邃的、有着明澈的碧绿的深潭，在此，她注意到，在柠檬树叶之下有一抹晶莹剔透的光亮，她的身体也呈现出了一种玫瑰色调，逐渐加深，然后转变成金黄色。她喜欢上了另一个人。这个人是由她自己变成的。

她记得希腊人曾经说过："一个白肤色的没有经过阳光洗礼的身体是不甚健康的，甚至是病态的。"

她喜欢把棕榈油涂在身上，在夜幕降临之际，漫步到柠檬树下，把一朵柠檬花插在肚脐眼儿，内心感到非常愉悦。附近的农民很容易会看到她。但是如果农民见了她，会比她撞见他们更显得不安。她十分明白，裹着衣服的男人比起她来更接近恐惧的中心。

1　这是用来表示位于意大利南部海湾海滩的希腊城邦的专用词语。

　　她甚至认为自己的小儿子同样如此。她嘲弄他的时候太阳光正停留在他脸上，而他则对她满腹怀疑！她坚持要她的儿子每天都赤裸全身站在太阳底下，而如今，他瘦小的身体已经变成粉色了，他古铜色的头发从前额梳到后脑勺，他的脸颊红似番石榴，细腻的金黄色的皮肤在闪烁。他长得漂亮而且身体非常健康，因而那些路过的农人，他们很喜爱他的金色的泛红的蓝莹莹的皮肤，都把他当成了天使。

　　但是他并不相信他的母亲：因为她嘲笑他。而她看着他细小的眉毛底下的蓝色大眼睛，那是恐惧和疑虑之所在，如今她坚持认为这与其他男性的眼睛并无二致，并称其视为对太阳的恐惧。她的子宫对所有的男人——那些患有太阳恐惧症的人，也是关闭着的。

　　"他害怕太阳。"她自言自语道，向下盯着孩子眼睛。

　　她看着他在太阳下步履蹒跚、摇摇晃晃，走起路来跟跟跄跄的，发着鸟叫似的噪音，她看着他在太阳面前试图掩藏自己，总是包裹得严严实实的。他显得很紧张的样子，行动变得有些迟缓。他的内心像一只蛰居于贝壳中的蜗牛隐藏在潮湿阴冷的罅隙中。这让她想起了他的父亲。她恨不得将他叫到自己的跟前，对着他好好地责骂一通，向太阳致敬。

　　她决定将他带在身边，把他领到仙人掌丛中的柏树下。她会一直盯着他，以免他被荆棘所伤。然而，她希望的是在那里他能够真正地破壳而出。那微不足道的假作文明的紧张将在他的眉间消失。

　　她张开一张毯子让他坐下。然后脱下自己的外套躺下，看着一只雄鹰在蓝天展翅翱翔，映入她眼帘的还有柏树高耸的树梢。

　　男孩儿在毯子上玩着石头。当他起身跟跟跄跄地走开的时候，她也随之站了起来。他转过身来看着她。从他那蓝色的眼神中透射出一种挑衅的味道，他温煦的外表翘起来像极了纯正的男子汉。这个时候的他是帅气的，在他的古铜色的皮肤上布满了猩红的色调。他的皮肤并不显得白，而是黑黝黝的。

"亲爱的，小心有刺！"她说到。

"有刺！"男孩儿在重复她的话，像一只小鸟似的叽叽喳喳，转过头来看着她，那神情活像图画或雕塑上赤身裸体的天使。[1]

"讨厌的刺尖儿。"

"尖刺！"

他脚踩着小拖鞋在石头上蹒跚地走着，伸出手去采摘干枯的薄荷。在他险些跌到仙人掌丛中之际，她像蛇一般迅速地来到他的身边。这样的速度连她自己都难以置信。"我多像一只野猫啊！"她心里嘟哝着。

当太阳露出脸蛋的时候，每天她都带他来到柏树下。

"快来！"她喊道，"一起到柏树那儿。"

如果是阴天，天上刮起了特拉蒙塔纳狂风[2]，那么她就不会往那儿去，而孩子就会像一只小鸟般唧啾不停："柏树！柏树！"

孩子和她一样，对那个地方流连忘返。

去到那儿也不仅仅是沐浴阳光。可以做的事情还有很多。在她内心深处的一些东西得以打开和放松，她将自己交付给了这个世界。某些神秘的力量注入了她的内心，甚于她知觉和意识，她与太阳保持着密切的联系，太阳流泻出来的光芒渗透了她，在她的子宫内停留。她以及她的自我意识，都退居到了次席，她变成了次要的人，几乎成了一个旁观者。真正的朱丽叶其实生活于从身体内部的太阳的黑色光流。

---

1 原文为 putto，意大利语，意为图画或雕塑上的孩子。
2 原文为 tramontana，意大利语，指从阿尔卑斯山上吹来的冷风。

就像一条闪烁着黑色光芒的河流在循环，围绕着甜蜜而紧闭的处于萌芽状态中的子宫。

她一直以来都是自己的主人，对自己的所作所为有着清楚的认知，对她自身的指令保持着紧张的状态。如今她能够感受到内在的另一种能量，比她的自我还强大，也更加黑暗和野蛮，所有的这些元素都在她的身体内流淌。现在她变得模糊起来，因为有一种神奇的力量超越了自身的存在。

三

到了二月末，天气突然间变得非常炎热。杏花在微风的轻拂中，如粉红色的雪片般簌簌飘落。细如柳丝的小银莲绽放着紫色的花蕊，日光兰的嫩芽开始变长，宽阔的海洋如矢车菊一样湛蓝。

朱丽叶不再理会任何事情。如今在一天的大部分时间里，她和孩子都在太阳底下裸露着身躯，这便是她所渴望的，有时候她会走到海里去洗澡：她时常在谷崖间嬉游，那里能够沐浴到太阳的光芒，而且不被别人看到。有时候她看到一个农民的屁股，他也看见了她。但是她总是悄悄地和孩子一起来到海边；太阳发射出来的火焰开始蒸腾着地球，其光芒不仅能洗涤人的灵魂，也可以治疗人的身体，其热力还能普照世间的人们；因此太阳的光热总是在普洒大地。

她和孩子浑身上下都被染上了玫瑰的金黄。"我变成了另一个人，"当她盯着自己的胸脯和大腿的时候，心里如此这般地想着。

她的孩子如今也成了另一个样子，成了一个独特的、宁静的和晒得黝黑的人。他在一旁默默地自娱自乐，她已经几乎不需要再盯着他看了。他也从来没有注意到他是独自一人在玩耍。

清风徐来，水波不兴，此时的海面呈现出一片深蓝色。她背靠着柏树的银色树干坐下，沉浸在阳光之中，但是她的乳房却显得很警觉，里头充满了汁水。她能够意识到身体内的蠢蠢欲动，这样的动静可以给她带来对自我的认知。她仍然不想为人所注意。这种全新的运动提示着新的交互，那并不是她所希望看到的。她很清楚地知道与那庞大而冷酷的文明机制发生关联意味着什么；而想要避开它却又显得那么的困难。

孩子沿着岩石小径走了好几码远的距离，来到了一大簇仙人掌跟前。她还能够看到他，一个纯粹的金褐色的娃儿，不畏惧风吹雨打，有着火焰般的金色头发和红彤彤的脸颊。他用手摘下瓶子形状的花朵，随后把它们排列起来。他已经可以稳稳当当地走路了，当遇到紧急情况时也能够很快地做出反应，像极了一只饱满的幼兽在自顾自地玩耍。

她突然间听到他在呼喊：妈妈快看！妈妈快看！他那如鸟鸣般清脆的嗓音使得她迅速地将眼光投向他叫喊的方向。

她的血一下凝固了。他扭动赤条条的肩膀转过头来看着她的母亲，用他那肥嘟嘟的小手指着旁边的一条蛇。蛇与他近在咫尺，昂着头，张开嘴，柔软的舌头一伸一缩，吐着信子，发出一阵短促的吱吱声。

"妈妈快看！"

"是的亲爱的，这是蛇！"一个低沉声音在回答着他。他看着她，他大大的蓝眼睛透露出不确定是否应该害怕的情态。太阳所赋予的镇定使他并不觉得害怕。

"蛇！"他如鸟叫般喊了起来。

"是的，亲爱的，不要去碰它，它会咬人的！"

蛇的头沉了下去，从原来盘身睡觉的地方离开了，慢慢地移动着它那长长的金褐色的蛇身，缓缓地挪进了岩石堆中。孩子转过身来默默地看着它。说道：

"蛇走掉了！"

"让它走吧，它喜欢自己待着。"

那条慢吞吞地在游动的蛇，摇摆着颀长的身躯，悄无声息地消失在了他的视线之外。

"蛇回家了。"他说到。

"他已经离开了，快回来妈妈这儿。"

他晃动着肥嘟嘟的身体走过来坐在她赤裸的大腿上；她用手抚摸着儿子灼热而光亮的头发。她没说什么，心里觉得一切都已经过去了。太阳奇异的不为人知的力量充溢着她，带有一种魔幻的味道布满了这整个的空间，而那条蛇是其中的一部分，陪伴着她和她的孩子。

有一天，她在橄榄林子的干燥的石头墙上，又看到了一条黑蛇在水平爬行。

"玛丽妮娜，"她说道，"我看到一条黑蛇。它们有毒吗？"

"啊，是黑蛇吗，没毒的。但是如果是黄色身子的蛇就有毒。如果是黄蛇咬了你，就会致命。不过我很怕蛇，很怕它们，甚至是黑蛇我看到了也会觉得很害怕。"

朱丽叶仍旧和她的孩子来到柏树下。但是她在坐下之前，时常会观察一下周围，检查孩子可能会去的每一个地方。随后她才躺下转身重新面对着太阳，她棕褐色的香梨状的乳房直挺挺地耸立着。她不会为了明天而忧虑。她拒绝考虑这个园子之外的事情，也不会去写信，而是让保姆帮写。而她就躺在太阳底下，不会持续很长时间，因为太阳会变得很猛烈。沉潜于她的身体深处紧致的花苞正在绽放，在逐渐的生长过程中使其弯曲的根茎直立起来，打开黑色的根梢并开放出玫瑰般的亮光。她的子宫就像一朵莲花[1]，在玫瑰色的迷狂状态中得以绽开。

四

时间来到了夏天，太阳的光亮愈发显得逼人。在最炎热的几个时辰里，她会躺在树荫下，甚至或者会走到阴凉的柠檬树林中。有时候她走进谷溪深处，经过狭窄的谷底，一直往家里走。她的孩子一个人静静地跑来跑来，像一只年轻力壮的小兽。

一天下午，在回家的路上她赤裸着全身走下黑暗的谷溪的灌木丛中，她绕到一块岩石的一边，突然间，看到隔壁小路上有一个农夫，他正在弯下腰捡拾刚砍下来的灌木条，撅起来的屁股就在旁边。农夫穿着夏天的裤子，弯着屁股正对着她，一动不动地矗立在小谷溪底。她感到不能自持，此时此刻她难以动弹。农民用强有力的肩膀将灌木柴扛起来，身体换了个方向。他开始往前走时，看到了她，顿时怔住了，就好像在他眼前的是一个景物。然后他们彼此眼神对视，她感到一股蓝色的火焰从她的肢体传导到她的子宫，以无法阻止的趋势在疯狂地蔓延。他们仍互相看着对方的眼睛，迸发出来的火花在彼此之间流窜，就像那蓝色的奔腾不息的火势从太阳的中心流泻而出。随后她看到他是如此激情澎湃，知道他想要朝她走过来。

"妈妈，那是一个男人！妈妈！"她的孩子用手挡住了她的私处。"妈妈，那里有个男人！"

她听到了一阵恐惧的声音在回荡。

"没事儿的，孩子！"她说着，用手抱起了他，她重新把他转过，

---

1 根据佛祖所笃信的盛开的莲花表示达到了一种涅槃的境界，代表着灵魂最后的安眠。

面对着石头，而那个农民看着赤身裸体的她，随后屁颠屁颠地离开了。

她穿上她的长袍，把孩子抱在手上，开始一步一颠地走上一个陡峭的羊肠小道，通过黄花丛中的灌木林，一直往上走，走到房子下面的橄榄树林。在那里她坐下来开始收拾东西。

大海一片蔚蓝，它是那么的蓝那么的柔软，让人百看不厌，而在她体内的子宫也变得异常宽广，打开着，像一株莲花或仙人掌花，在渴望中闪闪发光。她能感受到这一点，她的意识被这种感觉牢牢地掌控着。一种啮人的懊恼在她的胸脯燃烧，将孩子推开，将缠绕在心中的不安和芜杂抛下。

她通过自己的眼睛认识了那个农民：那是一个大概年过三十的男人，身体粗壮有力。她已经很多次从房间里面看着他从田埂走过：看着他穿过橄榄树林，一个人在劳作，时常显得孤独但身材健硕，长着一副宽大的红润的面孔，内心有一个安静的自我。她开始跟他交谈起来，一次两次，看着他蓝色的大眼睛，极深邃极火热。她对他的动作和姿态了如指掌，有些粗暴而且不那么优雅。但是她并不在意他这些。她意识到他是非常干净而且健康的：有一天她看到了他的妻子，后者为他送来饭菜，他们俩就坐在角豆树的树荫下，另一侧则摆放着洁白的衣物。朱丽叶还发现，农夫的妻子比他还显得老，她是一个皮肤黝黑、高傲并且有些阴郁的女人。就在那时，一个年轻的女人带着她的孩子，男人则和孩子在跳舞，如此的青春洋溢而且活力四射。但孩子并不是他的：他没有孩子。当他直接和孩子翩然起舞的时候，这是带有隐瞒性质的激情，因为朱丽叶第一次真正地去关注他。但是甚至在那时候，她也从来没有考虑过他：那一张宽阔红润的脸，那宽广的胸膛，以及两条奇短无比的腿。那对于她而言，这么去考量一个农夫，已经是很狂野粗暴的了。

但是现在他眼睛中所释放出来的奇怪的挑衅将她控制住了，他那蓝色调的压倒性的感觉就像是蓝色的太阳的心脏。她也看到了他那难以抑制的冲动：一切都是因她而起。而且在他涨得通红的脸皮上，在他那健硕的身躯上，对她而言就像是太阳一般，放射出宽广无边的热力。

她能感受到他身上充盈着的力量，以至于她无法再靠近他一步。她还是一如既往地坐在树底下。之后她听到保姆在房子里敲打着钟声大声叫喊起来。这时候孩子已经回去了。她也不得不起身往回走。

整个下午她都坐在她房子周围的地里，那里能够透过橄榄树的山坡看到大海。那个农民来到又走了，去到他的田地中的小木屋，就在仙人掌丛的边缘。他又瞥了她的房子一眼，看到了她正坐在那里，她的子宫正对着他开放着。

然而她却没有勇气走下去走向他。她变得怯弱起来。她开始喝起茶来，仍然坐在房子周围。然后那个男人又走过来，一次又一次地瞥见她。一直到村门口的教堂的晚钟敲响，夜幕降临。她仍然坐在那里，直到最后月光如水，她看着他转身悲伤地离开，沿着田埂走到小路里。她可以听到他经过房子后面的石径时的声音。他确乎已经回去了，回到家中，到小村里，他睡下了，和他的妻子一同入眠。也许他的妻子很奇怪他为什么回来得那么迟，而且如此的灰心丧气。

朱丽叶一直坐到深夜，直到月亮没入了大海。太阳打开了她的子宫，她变得不再那么的自由。在她体内盛开的莲花缠绕着她，而如今，她已经没有勇气走过那边的峡谷。

但最后她还是睡着了。到了第二天，她感觉好多了。她的子宫似乎又关闭了起来：那盛放的莲花又恢复到了萌芽的状态。她渴求得太多。所以才会如此。只有在初生的花蕾和阳光中，她才不会去想念那个男人。

她在一个柠檬丛中的深潭下沐浴，就在沟壑的深处，尽可能地远离那个野溪谷，那里的潭水非常清凉。在柠檬树下，孩子正蹚着水艰难地走过酢浆草丛的阴凉处，用手采集那落下的柠檬，晃着他那棕褐色小身子走入光晕之中，披着光斑行走。她坐在溪谷陡峭的河岸上晒太阳，重又感到了内在的自由，心中的花朵凋零成模糊的花蕾，她的身体感觉很安定。

突然之间，上头的路面挡住了苍白的蓝色的天空，这时候玛丽妮娜出现了，头上戴着一条黑色头巾，轻声地呼唤着：希格诺拉！希格诺拉·吉莉塔！

朱丽叶转过脸，站了起来。玛丽妮娜停顿了一会儿，看着一个赤身裸体的女人怀有戒备地站在那里，她那充满了阳光的发梢显得有些灰暗。随后那动作迅捷的老女人沿着斜坡走了下来，那是一条布满了太阳光线的小径。

她直挺挺地走了几步，走到那个阳光明媚的女人身前，狡黠地盯着她看。

"她看起来实在是太美了！"她冷冰冰地说道，几乎是带着嫉妒的语气，"你的丈夫已经来了。"

"什么丈夫？"朱丽叶吼叫了起来。

那个老女人轻蔑地笑了一声，似乎在嘲笑那个女人的过去。

"你没有丈夫吗？"她带着奚落的语气问道。

"什么？在哪里？他在美国呢"朱丽叶说。

老女人转过头去瞥了一眼，嘴里含有另一种无声的奚笑。

"不是在美国，他跟着我来到了这里。他差点儿迷路了。"她说着，把伸出去的头缩了回来，脸上还留存着隐约的笑。

小径的上面长满了绿草和鲜花，就像那永恒的荒芜之地中残留的鸟迹。奇怪的是，那虽年代久远，却仍彰显无遗的勃勃的生机，似乎在很久以前就已经留存有人的踪迹。

朱丽叶盯着那个西西里岛的女人精明的眼睛看。

"噢，太棒了，"她后来说，"让他来这儿吧。"

不经意的表情在她脸上一掠而过。那是一些盛开着的花儿。至少他是一个男人。

"现在把他带到这儿来？"玛丽妮娜用模仿的语气问道，烟灰色的眼睛含着笑意看着朱丽叶，说着轻轻推了朱丽叶一把。

"是的，如你所愿！但是对他而言这是很难得的情况。"她带着轻蔑的语气逗笑似地说道，然后她指着她的孩子——他正将柠檬树的枝丫堆积在自己的胸前——说："多么漂亮的一个孩子啊！就像从天堂降下凡间的天使！这一定会让他感到欣喜的，真糟糕，我要把他带到这里来吗？"

"带他来吧，"朱丽叶说。

那个老女人很快地爬了上去，走在回去的路上，她发现那个有些落魄的莫里斯站在葡萄树林下，头戴着灰色的帽子，身着暗灰色的西服。在璀璨的阳光和优雅的古希腊世界中，他看起来是如此的格格不入，就像在灰白的、洒满阳光的斜坡上的点点墨迹。

"快来！"玛丽妮娜对他说，"她就在这儿下面。"

很快地她把路让了出来，大步流星地走向前，穿越草丛开出一条路。突然她停在了山坡的峭壁边。头顶的柠檬树长得高大茂密。

"你从这里走下去。"她对他说到，他向她致谢，匆匆地瞥了她一眼。

他是一个四十岁上下的男人，胡楂刮得很干净，颜色有些灰白，很恬静的样子，而且显得非常腼腆。他有条不紊地照顾着自己的生意，尽管不算很成功，但总算是高效的。但是他找不到接班人。玛格娜·格雷西亚那个老女人瞅了他一眼：他面容姣好，她心里想，但并不像一个真正的男人，真糟糕。

"下来吧，这就是希格诺拉！"玛丽妮娜用手指着说道，仿佛带着上帝的旨意而来。[1]

他又说道："谢谢！谢谢！"眼也不眨一眨，随后小心翼翼地走进了那条小路。玛丽妮娜扬起嘴唇，含着一丝邪恶的笑意，然后大步离开回到了房子里。

莫里斯小心翼翼地走着，经过了海边杂乱的草地，直走入一条小山路，才见到了他的妻子，那里离她已经很近了。她赤身裸体，笔直地站在尖尖的石头旁边，阳光洒在她的身上，让她的生活感到如此的温暖。她的乳房显得挺拔，警觉，似乎在聆听着什么，她的大腿黝黑而且灵动。在她的身体中，莲花般的子宫敞开着，张开着仿佛在吮吸太阳的光辉，像极了一朵娇艳的莲花。她感到非常兴奋：一个男人正在走过来。她盯着他看，他蹑手蹑脚地朝她走来，就像墨迹斑斑的纸上的墨汁，那么的迅捷而又紧张。

莫里斯，这个可怜的家伙，忐忑不安地不敢正眼看着她，然后转过了头去。

"你好，朱丽叶！"他说道，语气里是轻微的紧张的喘息。"太棒

---

1 原文为 the fates：拉丁语 Fata（法达）来源于 Fatum（法图姆），代表着上帝的口谕。

了！太棒了！”

他背着脸走向前，偷偷地很快瞥了她一眼，她那时候棕褐色的皮肤沉浸在太阳光滑的辉芒中。不知怎么的尽管她赤裸着，但却并不令人惊骇。金黄色的阳光为她披上了圣洁的外衣。

“你好，莫里斯！”她说道，然后转过脸去，一个金色的影子落在她的子宫那绽放的花朵上。“我没想到你这么快就来了。”

“不是，”他说，“其实是这样，我想是不是早点离开的好。”

他又轻轻咳了几声。他想要偷偷地给她一个惊喜。他们站立着，互相之间间隔着好几码，彼此沉默着。但眼前的朱丽叶对他而言是一个全新的人，棕褐色的被风雨冲刷过的大腿：不再是那个紧张兮兮的纽约女人。

“很好，”他说道，“呃——非常好——真的非常好！你的变化——呃——太棒了！我们的孩子呢？”

在他的内心深处，欲望搅动着他的身体，也刺激着女人被太阳包裹着的肉体。这在他的生命中形成了新的欲望，并对他造成了伤害。这时候的他开始想着逃避。

“他在这里。”她说着，用手指了指下面的孩子，那个赤身裸体的小孩儿正在树荫下将掉下来的柠檬堆到一块。

他的父亲发出了一声古怪的笑，很像马儿的嘶鸣。

“啊，是啊！果真是他！眼瞅着都成一个小男子汉了！真不错！”他说。但是掩饰不住他内心的紧张和压抑，他努力克制着自己。“你好，约翰尼！”他喊道，声音显得有些虚弱。“约翰尼你好！”

孩子抬起头来一看，并没有答应他，柠檬从他肥嘟嘟的手里散落。

“我们还是走下去看看他吧，”朱丽叶说着，转过身去，迈开大步走下小径。在她自己阴凉的影子下，蕴藏着鲜花盛开的子宫，每一片花瓣重新又颤动起来。她的丈夫紧随其后，看着她那如小船一般的玫瑰色的臀部，随着腰肢的扭动而一起一伏。他的内心欣羡不已，但随一转念却又怅然若失。他已经习惯了作为一个常人的她。但是她不再是一个寻常的女人，而有着敏捷而强壮的身体，俨然成了动人心魄的美人，摆动着自己的臀部。他能怎么办呢？他显得那么的格格不入，穿着深灰色的西服，头戴浅灰色的帽子，挂着一副生意人腼腆的僧侣面孔，满脑子都充溢着粗鄙的商业气。一种奇怪的冲动冲击着他的腰部和腿部。他感到有些害怕，担心自己会发出一阵野蛮的叫喊，然后朝着那个女人棕褐色的身体扑过去。

"他看上去很棒，对吗？"朱丽叶说着，和她的丈夫一起走过柠檬树下开满黄花的酢浆草地。

"啊，是的！确实如此！实在是太棒了！太棒了！——你好，约翰尼！你还记得爸爸吗？还记不记得爸爸，约翰尼？"

他蹲了下来，并不理会裤子会不会破裂，伸出了双手。

"柠檬！"孩子用他那鸟鸣般的声音说到，"两只柠檬！"

孩子走到他父亲身前，将柠檬放在他的手里。接着往后一退，看着父亲。

"两只柠檬！"父亲重复着他的话，"快来！约翰尼！来跟爸爸打个招呼。"

"爸爸还回去吗？"孩子问到。

"回去？不，不回去了，今天不回去。"

他把孩子抱在手上。

"把外套脱下！爸爸，快把外套脱掉！"孩子一边说，一边欢快地扭着身子，离开父亲的衣服一定距离。

"好的，儿子！爸爸把衣服脱了。"

他脱下了自己的外套将它小心地放在一旁，随后看到了裤子上的裂痕，用手猛拉了一把，蹲下来把孩子抱起。孩子温暖的赤裸的小身子让他感到很恍惚。那个赤裸的女人在丈夫衣服的袖管中，看到了他怀里的玫瑰色的孩子。孩子扯掉了父亲头上的帽子，这让朱丽叶看到了丈夫光滑的灰黑相间的头发，梳得油亮光滑。但缺少的是阳光！阴冷的阴影又重新覆盖了她的子宫。当丈夫和孩子说话，孩子俨然已经喜欢上了他的父亲，而她则在一旁，长时间地沉默着。

"接下来你打算怎么办呢？莫里斯。"她冷不丁说了一句。他看了她一眼，走到一旁，听着她唐突的美国口音。他似乎已经把她忘了。

"呃，你说的是什么呢？朱丽叶。"

"哦，所有的事情！就这事儿！我不想回东区四十七号了。"

"呃，"他显得颇为犹豫，"我想应该至少不是现在回去。"

"再也不回去！"她说得很坚决，随后陷入了沉默。

"好吧，呃，我也不知道。"他说。

"你能到这儿来吗？"她的话有些粗暴。

"可以，我可以在这儿待上一个月。我觉得我能花上一个月在这里。"他心里很迟疑，带着复杂的心情，怯生生地瞅了她一眼。随后转过脸去。

她盯着他在看，发出一声叹息，机警的乳房挺了起来，显得有些不耐烦，好像要将缺乏太阳光芒的她抖落似的。

"我不能回去，"她慢条斯理地说道，"我也无法离开这个太阳，如果你不能过来的话——"

她的话没有说尽。这个唐突的充满个性的美国女人的声音已经消隐了，他所听到的是一个新鲜的、被太阳催熟了的女人身体的声音。他满怀热切的欲望和受缚的恐惧，一次又一次地盯着她看。

"不！"他说，"这样的生活适合你。你是那么的灿烂。——我认为你不必要回去了。"

他的嗓音柔情似水，而她的子宫之花又重新开始绽放，花瓣在簌簌颤动。

他简直无法相信自己的眼睛，曾经的她在美国的公寓里，脸色苍白、沉默，让他备受压抑。对于彼此间关系，以及她的沉默，尤其是她生了孩子之后糟糕的暴戾，曾经让他无所适从，直到如今仍心有余悸。因为他意识到自己爱莫能助。女人往往如此。她们的感觉是逆向的，甚至与她们自身相悖，这是很可怕的——灾难性的。与这样一个女人同居一室是多么的可怕，她甚至跟自己对着干。他能够感受到，她似乎生来就被敌意所包裹。甚至于她认为自己的暴躁和易怒也是无可厚非的，对于孩子也同样如此。事情往往比这还糟糕。感谢上帝，这个可怕的鬼魅般的女人，如今看起来已经被太阳所拯救。

"但你呢？"她问道。

"我？噢，我！我还得操持生意，而且，呃，一有长的假期我就过来——你想在这儿待多久都可以——"他眼睛在盯着地板看。此刻的他内心忐忑，生怕刺激这个暴躁易怒的女人，他很希望她能保持如今的样子，就像一个赤裸的成熟的草莓，一位结出果实的女性。他向上瞥了她一眼，忐忑不安的眼睛里透着一丝试探的神情。

"永远都能这样？"她说道。

"好吧，呃，是的，只要你愿意，永远是一段很长的时间。谁都说不准是多久。"

"我能做我想做的任何事情吗？"她以一种奇怪的带着挑衅的眼神看着他。而他在面对她那玫瑰色的在海风吹拂下异常结实的身体，却又是如此的无能为力，因为他担心会唤起原来的她，那个极为自我的美国女人，幽灵般的报复心强的女人。

"呃，是的，我觉得没问题！只要你别把自己弄得不开心，还有孩子。"

他又一次抬头看着她，脸上泛起一种复杂的不自在的神情——他想的是孩子，却是为自己求情。

"我不会的。"她很快地回答了他。

"是的！"他说，"说得很对，我觉得你不会。"

又是一阵沉默。村子的午钟又急匆匆地敲了起来，午饭的时间到了。

她利索地穿上灰色绉纱与衣服，系上一条绿色的腰带。又给儿子披上一件蓝色的小衬衫，随后他们一起朝房子走去。

在饭桌上她看着自己的丈夫，他那灰色的城市脸，齐整的花白头发，还有那一丝不苟的餐桌仪礼，极其温和的吃相，适度的酒量。他时不时地透过自己黑色的睫毛，偷偷地看着她。他是一个追逐年轻的人，有一双不宁静的金灰色的眼睛，在囚笼中生长着，显得奇怪而冷酷，完全没有温暖的希望。只有他黑色的眉毛和眼睑是完好的。她并没有完全接受他。她也意识不到他。正因为她被太阳包裹着，所以她看不到他，缺少阳光的他并不是完整的一个人。

他们走到阳台上喝咖啡。阳台下，有一大片玫瑰色的葛属植物。在下面的一株杏树旁，那个农夫和他的妻子正坐在角豆树下，身边是绿油油的麦田，他们面对面坐在一小块白布上。还有一大块面包——

他们已经把它吃完，坐在那里，杯子中盛满了一种深色的酒。

农夫在田埂往上瞧，直到那个美国女人出现。朱丽叶让丈夫退回去。然后她坐了下来，重又对着农夫看，一直看到农夫的妻子也转过身来看她为止。

五.

那个农人已经不可救药地爱上了她。她看着他短却红润的宽脸，正痴痴地盯着她看：一直看到他的妻子也回头看才停下来，他拿起酒杯，一饮而尽。他的妻子一直盯着阳台上的身影。她是面容俊俏但表情却很阴郁，确乎比她的丈夫还年长，他们俩有着巨大的差异，一个是气势压人，充满优越感的女人，年龄已经超过了四十岁，而她那不可靠的丈夫，也才三十五岁上下。这看起来像是完全不同的两代人。"他是我的上一辈人。"朱丽叶琢磨着，"她跟莫里斯是同一代的。"而朱丽叶还没到三十岁。

农夫穿着白色长裤和浅粉色衬衫，头上一顶旧草帽，显得很迷人、很干净，那是一种充满着健康的洁净。他身材结实而且粗壮，膀大腰圆，但是他的身体却充溢着活力，看起来他似乎经常坚持运动，甚至有时候她看到他似乎跟孩子在玩耍。他是意大利农民的典型，沉浸于自我的满足，而且是充满激情地享受着自我，享受着他那充盈着力量的身体和热血贲张的激越。但他也仍然还是一个农民，他会等待着她迈出那一步。他会在那里踟蹰徘徊，消磨着渴望的激情，期待那个女人朝他走来。但他却不会迎向她：永远不会。

他能感受到她的眼光落在自己身上，他脱下了头上的草帽，露出那圆圆的黝黑的平头，伸出硕大的棕红色的手掌拿起一块面包，咬了一口，开始嚼了起来。他知道她在盯着他看。她的身上释放出一种能量，控制着他，她是那么的热情而且难以言喻，使得热烈的奔腾的血液在他的静脉中涌动。他在无尽的阳光下开始热血沸腾，身体如午后般的慵懒。在羞涩的外表下隐藏着一颗躁动的内心，等待着她的到来，却绝不会自己靠近她。

和他在一起的时候，她感觉在沐浴着另一种阳光，沉重、硕大而且劳累：之后一方将会遗忘。对于她而言，他也许不会出现。这仅仅是一次温暖如斯的沐浴，让生命充满了力量——彼此各奔东西并且相忘于江湖。随后再度重逢，如此频繁的洗浴就像太阳的光芒贯穿全身。

但是这样也许并不好！她厌倦了单独的接触，后来就开始跟他交谈起来。和那个健康的男人在一起，能让人心满意足。她坐在那里，能感受到彼此之间交汇的生命的潜流。在这两个人身上能体会到那种无边的苦痛。每次看着对方都是如此的精神恍惚。

朱丽叶想：我为什么不走向他呢！为什么不能为他怀一个孩子？就像为茫无边际的太阳和宇宙怀上一个孩子，如果实般成熟的孩子——她的子宫之花正当熠熠生辉。不必理会情感和所有权。需要的只是一个纯粹的人，完全不需要顾忌未来。但是她的心里却充满了恐惧。她不敢！她确实不敢！除非那个男人能找到更好的办法！但是他不会。他只懂得徘徊和等待，在无边的渴望中踟蹰，等待着她越过沟壑。但她也提不起勇气，她不敢这么做。而他也仍然在徘徊。

"你不怕晒日光浴的时候别人会盯着你看？"丈夫对她说，他转过身去，眺望着那个农夫。阴郁的妻子越过了沟渠，转过头来盯着房子看。他们之间已经剑拔弩张了。

"不！没有人会看！如果是你会看吗？你想晒日光浴吗？"朱丽

叶对他说道。

"为什么——呃——好吧！我想如果我在这里，会很喜欢的。"

在他眼中闪现出一道微光，一种绝望的勇气和渴望促使他想要品尝这枚成熟的果实，品尝这个女人的外衣里挺拔着的玫瑰色的被太阳催熟的胸部。她看着他那苍白的城市化的脸庞，在太阳下咀嚼着作为一个男人的绝望。她又一次陷入了恍惚。那个奇怪而苍白的家伙，一个城市里的老好人，在裸眼望着太阳的时候却好像滋生了罪恶感一般。他在暴露自己的时候究竟会产生多大的恐惧！

这时候她的子宫之花开始了沉眠，沉眠。她知道她会带上他。她也知道可以忍受自己的孩子。她觉得在那个羞涩的来自城里的小男人面前，她的子宫犹如一朵莲花光彩熠熠地绽放，像绚丽的秋牡丹，在黑色的中心，透射出紫色的光辉。她很清楚自己不会走向农夫；她没有那么强大的勇气，也没有充分的自由。在她心里，那个农夫更不会向她走来，在尘世中，他的身体充溢着顽固的被动，只会一直等着，永远等待，他只会一次次地走入并逗留在她的视线范围内，尽管内心存在着持续不断的野兽般的渴望。

她从农夫热情洋溢的脸上，看到了涌动的血液，感觉到他内心激发出来的迅疾的蓝色火焰，从他热情似火的眼睛传导到她身上。然而她还是不会迎向他——她不敢，她缺乏勇气，重重阻碍横亘在她的面前。而她丈夫那弱小的苍白的身体，深深地打上了城市的烙印，同样困扰着她。她无能为力。她被束缚在现实的巨大而坚固的车轮之中，却没有一个来自宇宙的珀尔修斯[1]能斩断捆绑着她的链锁。

---

1 在希腊神话中，珀尔修斯拯救了作为祭品被链锁在岩石上的安德洛墨达公主。

马商的女儿

"好啦，梅布尔，你自己有什么打算？"乔愚蠢而轻率地问道。他是一点儿也不愁。不等听到回答，他便转过脸去，把嘴里的一丝烟叶移到舌尖上，吐了出来。他对什么都毫不在意，因为自我的感觉很好。

兄弟三人和妹妹围坐在空空如也的早餐桌前，东拉西扯一些不着边际的话题。上午寄到的邮件对这家人的命运给予了最后一击，一切都结束了。沉闷的饭厅，连同摆放其间的笨重的桃木家具，仿佛也在听候处置。

然而家庭会议毫无结果。一种徒劳无益的诡异气氛萦绕在这三个男子周围，他们四仰八叉地坐在桌旁，抽着烟，心不在焉地考虑着各自的处境。独自坐在一旁的是个身材矮小、闷闷不乐的二十七岁年轻女子。她过着与其兄弟截然不同的生活。她本来容貌姣好，但由于满脸的冷漠木讷，被她的兄弟称之为"斗牛犬"。

外面传来一阵混乱的马蹄声。三个男子全都瘫坐在椅子里向外张望。越过将狭长的草坪与大路分开的墨绿色冬青灌木丛，他们可以看见一整列的夏尔马摇摇摆摆地走出马厩，正在受训。这是最后一次遛马。这也是最后一批由他们经手的马匹。三个年轻人用挑剔而冷酷的眼光注视着这一切。生活的崩溃使他们倍感恐惧，大难临头的感觉令他们惴惴不安。

他们是三个长相不错、体格健硕的家伙。乔，年龄最大，三十三岁、魁梧、英俊、热情奔放、容易激动。他面色红润，用粗壮的手指拧着乌黑的髭须，浅色的双眼焦虑不安。他笑而露齿时显出性感的一面，但其举止却令人不敢恭维。此刻他正用呆滞的目光无助地凝望着马队，流露出某种幻灭的恍惚。

那队高大的役马大摇大摆地跑过去了。它们从头到尾被拴在一起，四匹一组，被牵到从大路岔分开去的一条小道上，肆无忌惮地把马蹄踏进细黑的污泥里，华丽地抖动着它们硕大浑圆的臀部，当它们被赶往小路的拐弯处时，又突然疾走几步。每次移动都显得笨重而费力，试图使这些马匹俯首听命则显得愚不可及。带队的马夫回头一望，猛扯缰绳。随后马队便上了小路，渐渐从视线中消失，最后一匹马的尾巴却突然高高翘起、僵直紧绷，不同于那些在树篱后面摇晃着硕大臀部、昏昏欲睡的马儿。

乔用空洞而无助的双眼凝望着。对他而言，自己就如同这些役马一样。他觉得自己现在完了。幸好他已经和一个同龄的女子订了婚，她父亲是附近一个农庄的管事，或许还能给他提供一份工作。他将要结婚并套上生活的枷锁。人生结束了，从今往后他将成为受人支配奴役的牲口。

他不安地转过身，渐行渐远的马蹄声还回荡在耳边。然后，伴随着不知所措的烦躁不安，他伸手从盘子里拿了剩下的几片熏肉皮，轻轻吹了声口哨，扔给躺在壁炉挡板边的小猎狗。他注视着小狗吞下熏肉皮，直到这小家伙抬头看他的眼睛。这时，乔的脸上浮现出一丝笑容，他调高嗓门傻乎乎地说道：

"你不再会得到更多的熏肉啦，是吧？你这个小……"

小狗沮丧地摇了摇尾巴，垂下屁股，蜷成一团，重新躺下。

餐桌周围又是一片无助的沉默。乔心神不宁地瘫坐在椅子上，在家庭会议结束之前，他还不愿离开。弗莱德·亨利，排行老二，身材挺拔、四肢匀称、机灵敏捷。他更加镇定自若[1]地望着马队离去。如果他也是种动物，像乔一样，那他会是驾驭别人的动物，而非被驾驭的。他深谙驭马之术，还拥有能够合理掌控自己的好脾性。但他并不擅长处理目前的生活局面。他把自己唇边粗糙的棕色胡须往上推了推，无不恼火地瞥了一眼妹妹，她坐在那里，面无表情、令人难以捉摸。

"你会去露西那里住一阵子，是吗？"他问道。女孩没有回答。

"我觉得你别的什么都做不了。"弗莱德·亨利不依不饶。

"去做女仆得了。"乔直截了当地插话。

那女孩纹丝不动。

"我要是她，干脆就去参加护士培训。"他们兄弟三人中最年轻的马尔科姆说道。他是这个家最小的孩子，一个二十二岁的年轻人，长着一副清新、潇洒的脸庞[2]。

但梅布尔对弟弟的话置若罔闻。他们在她周围喋喋不休了这么多年，她根本就不把他们的话当回事了。

壁炉台上的大理石时钟轻柔地敲响了半点的钟声，小狗从炉前的地毯上不安地站起来，望着早餐桌周旁的所有人。他们仍旧坐在那里，家庭会议毫无进展。

"哦，好吧，"乔突然说道，不知所云，"我要赶紧行动了。"

他把椅子往后一推，劈开双膝往下一蹲，以骑马的姿势舒活下筋骨，然后朝壁炉走去。但他并未离开这间屋子；他好奇地想知道其他

1　原文为Sang-froid，法语，意为沉着冷静，临危不乱。
2　原文为museau，法语，意为脸。

人会做些什么或说些什么。他开始装烟斗，同时低头看着那只小狗，装腔作势地吊高嗓子说：

"跟我走？是要跟我走吗？必须马上做出决定，听到没有？"

小狗微微地摇了摇尾巴，乔伸出下巴，用手遮住烟斗，专注地吸了几口，使自己沉湎于烟草中，与此同时迷离恍惚的棕色眼睛俯视着小狗。小猎犬悲伤疑惑地仰头望着他。乔叉开双腿站在那里，像骑马一样。

"你收到露西的来信了吗？"弗莱德·亨利问他妹妹。

"上周。"淡淡的回答传来。

"那她怎么说？"

没有回答。

"她邀请你去住了吗？"弗莱德·亨利继续追问。

"她说只要我愿意。"

"很好，那么，你最好去吧。告诉她你星期一就到。"

答复这句话的是一片沉默。

"这就是你打算做的，是不是？"弗莱德·亨利有些恼火地说。

她依然没有回答。屋内充斥着徒劳无益、令人愤怒的寂静。马尔科姆愚蠢地咧嘴傻笑。

"从现在起到下周三为止你必须做出决定，"乔大声地说，"否则你自己露宿街头。"

梅布尔脸色一沉，但她还是一动不动地坐着。

"杰克·弗格森来啦！"正漫无目的地看着窗外的马尔科姆喊道。

"在哪儿？"乔大声问。

"刚刚过去。"

"进来了？"

马尔科姆伸长脖子看看门口。

"嗯。"他答道。

又是一片沉寂。梅布尔坐在餐桌的最前方，像个被宣判罪犯一样。接着，口哨声在厨房响起。小猎狗连忙站起来尖声狂吠。乔把门打开，喊道："快来吧。"

不一会儿，一个年轻人走了进来。他裹着大衣和一条紫色的羊毛围巾，头上很低地戴着一顶粗花呢便帽，并未摘下。他中等身材、面孔很长、脸色苍白、眼神疲惫不堪。

"你好，杰克！好啊，杰克！"马尔科姆和乔大声地说。弗莱德·亨利只是淡淡地叫了声，"杰克。"

"怎么样啦？"新来的人问，显然是在对弗莱德·亨利说话。

"老样子。我们下周三之前得搬走。——你感冒了？"

"是啊——还挺严重的。"

"你怎么不待在家里？"

"在家待着？等我不能自食其力的时候，也许会有那机会。"这个年轻人讲话声音沙哑，略带苏格兰口音。

"这可真要命，是吧？"乔吵吵闹闹地嚷道，"一个感冒的医生嘶哑着嗓子到处乱走。这让病人看到可不太好，对吧？"

年轻医生缓缓地注视着他。

"那么，你是哪里不舒服呢？"他讽刺地问。

"我没有怎样啊。你眼睛有病吗？我才不想生病。你为什么这么说？"

"我觉得你那么替病人着想，很好奇你自己是否也是个病人呢。"

"该死，不，我从来不找发着高烧的医生看病，但愿永远也不会。"乔反唇相讥。

这时梅布尔从桌旁站起来，大家似乎到现在才意识到她的存在。她开始收拾餐具。年轻的医生看着她，但什么也没跟她说。他先前也没有跟她打招呼。梅布尔端着托盘走出房间，脸上的表情冷漠呆滞、一成不变。

"那你们什么时候离开，所有人？"医生问道。

"我赶十一点四十分的车，"马尔科姆回答他，"你也搭那辆马车走吗，乔？"

"是啊，我不是已经告诉过你会乘那辆马车走吗？"

"那我们最好别误了车。——再见，杰克。"马尔科姆握着医生的手说。

他走了出去，乔紧随其后，看起来灰溜溜的，像只夹着尾巴的狼。

"唉，这真是棘手，"和弗莱德·亨利单独留下后，医生惊呼，"你星期三之前走，是吗？"

"那是命令。"另一个答道。

"去哪里，北安普敦吗？"

"对。"

"真见鬼！"弗格森轻声懊恼地叫道。

随后，两个人陷入了沉默。

"都安排好了，是吗？"弗格森问，

"差不多。"

又是一阵沉默。

"好吧，我会想念你的，弗莱德，伙计。"年轻的医生说道。

"我也会想念你的。杰克。"另一个应道。

"非常想念你。"医生若有所思地说。

弗莱德·亨利转过身去。无话可说。梅布尔又走进房间，继续清理餐桌。

"那么，你打算怎么办，珀文小姐？"弗格森问，"去你姐姐家，是吗？"

梅布尔用她平静而危险的眼神望着他。这双眼睛总使他感到不安，扰乱他表面的安闲自在。

"不是。"她说。

"行啦，看在上帝的份上你打算干什么？把你的打算说出来啊。"弗莱德·亨利歇斯底里、徒劳无益地吼道。

但梅布尔只是转过头，继续干她的活。她把白色的桌布折叠起来，铺上一张绒线桌布。

"从没见过脾气这么怪的妞！"她哥哥咕哝着。

而梅布尔则面无表情地干完活，年轻的医生自始至终饶有兴致地旁观。随后她走了出去。

弗莱德·亨利瞪着她，双唇紧闭，他蓝色的双眼充盈着强烈的敌对情绪，还做了个嫌恶恼怒的鬼脸。

医生微微一笑。

"那她打算怎么办呢？"医生问。

"我哪知道啊！"对方回答。

一阵沉默。然后医生坐不住了。

"我们晚上见，好吗？"他对他的朋友说。

"啊——在哪儿呢？我们到杰斯戴尔那里去？"

"我不知道。我感冒这么重。不管怎样，我会去趟'星月'酒吧。"

"让丽齐和梅空等一晚，呃？"

"只能这样了——要是我还跟现在感觉一样的话。"

"全都是一回事——"

这两个年轻人一起穿过走廊来到后门。房子很大，如今又没有佣人，显得荒凉孤寂。屋后有个砖砌的小院，远处则是个大广场，整齐地铺着红色砾石，两边都有马厩。倾斜、阴湿、深色的冬日田野，不断向外绵亘延伸。

然而马厩早已空空如也。约瑟夫·珀文，这一家人的父亲，没有受过教育，却成了颇具实力的贩马商人。马厩里曾经挤满马匹，到处都是马儿、马贩、马夫们进进出出、喧闹混乱的景象。那时厨房里都满是佣人。可近年来境况衰颓了下来。老马商结了第二次婚，试图挽回他的运气。如今他死了，一切都每况愈下，一蹶不振，留下的唯有债务和恐吓。

几个月以来，梅布尔就待在这座房子里，没有仆人的帮助，为她软弱无能的兄弟们在贫穷之中支撑起这个家。她管理家务已有十年。但在以前，开支不受限制。那时，不论一切多么残酷粗劣，有钱的感觉却让她傲慢自信。男人们或许满嘴脏话，厨房里的女佣们或许名声不好，兄弟们或许有几个私生子。但是只要有钱，这个女孩就会觉得自己踏实、极度高傲并且沉默寡言。

没有客人到这座房子拜访，除了马贩和粗俗的男人。自从姐姐出嫁后，梅布尔就再无闺中密友了。可她并不在意。她经常去教堂，还侍候她的父亲。她活在对母亲的回忆之中，她深爱着的母亲在她十四岁时就去世了。她也爱她的父亲，以一种不同的方式，依赖他并得到安全感，直到他五十四岁再婚为止。从那时起，她便与父亲坚决对立。如今他死了，留给子女们无尽的债务。

她在这段贫穷的日子里受了很多罪。然而，什么都无法动摇支配着每个家庭成员的奇异的阴郁和兽性的傲慢。现在，对梅布尔而言，末日降临了。她仍然寻找不到自己的出路。她只能因循着自己原来的方式。她只能竭力控制住自身的处境。盲目无知而又固执己见，她日复一日地忍耐。她为什么要思考？她为什么要答复别人？这是结局就足够了，根本没有出路。她再也无须躲避着众人的目光，暗自穿过小镇的主干道。她再也无须屈尊自贬，走进店铺购买最廉价的食品。一切就此结束。她谁也不去想，甚至连自己也不考虑。毫无目标又固执己见，她似乎陷入一种狂喜忘形的状态，感到离她的成就感更近了，离自己的荣耀更近了，离已经去世受到赞颂的母亲更近了。

当天下午，梅布尔拿了个小袋子，带着大剪刀、海绵和小硬毛刷，便出了门。那是一个灰暗阴沉的冬日，不远处是黯淡的墨绿色田野以及被铸造厂浓烟染黑的天空。她悄悄地沿着堤道快步疾走，旁若无人，穿过小镇直抵教堂墓园。

在那里，她总是感觉很安全，仿佛没人能够看见她，尽管事实是她暴露在每个经过墓园围墙的人的视野之中。不过，一旦走进教堂巨大高耸的阴影里，置身于坟墓之中，她就感到不受尘世烦扰，留在厚厚的墓园围墙里好似来到另一个国度。

她小心翼翼地修剪坟墓上的野草，整理锡制十字架上粉白色的小雏菊。做完这些以后，她从旁边的坟墓取来一个空罐子，盛些水，仔细谨慎、一丝不苟地用海绵擦拭大理石墓碑和盖顶石。

做这些事给她带来由衷的满足感。她觉得与母亲的世界有了直接的联系。她带着微不足道的伤痛，穿越墓园进入一种近乎纯粹快感的状态，仿佛完成这个任务的过程中她就与母亲取得一种微妙而密切的联系。因为她逆来顺受的现世生活远远不如她从母亲那所继承的死亡世界来得更真实。

医生的房子恰好在教堂旁边。弗格森，仅仅是个受雇的医生助理，是这个乡村的仆从。此时他正匆忙地赶去照顾手术中的门诊病人，他敏捷的眼睛扫视过墓园，发现那个女孩在坟墓边干活。她看起来如此专注而遥远，就像在观察另一个世界。某种神秘的因素打动了他。他放慢脚步，如同着了魔一般注视着她。

她抬起双眼，觉察到他在看她。他们四目相遇。随后各自又立即望了一眼，彼此都或多或少意识到被对方发现了。他脱帽致意并沿着马路继续前行。清晰的留存在他的意识里，如同幻觉一样，是关于她脸庞的记忆，她在墓园的墓碑旁抬起头，用迟钝、硕大而不祥的双眼望着他。她那不祥的脸似乎在对他催眠。她眼中有种巨大的力量控制住他的全身，仿佛他喝下了某种强效的药物。以前他倍感软弱、疲惫不堪。此刻生命力又回到他身上，他从日常焦躁的自我中解脱出来。

他在诊所里尽快完成了工作，匆忙地往候诊病人的瓶里装满廉价药物。然后，在茶歇时间之前，他又急忙马不停蹄地出发，赶到其管辖范围内的另一地区寻访几个病人。一直以来，只要有可能，他宁愿步行，特别是在他状态不佳的时候。他喜爱这项能使身体恢复的运动。

黄昏正在降临。昏暗、死寂、严冬的天气，伴随着潮湿、猛烈的寒冷袭来，令所有人冰冷麻木。但他为何要考虑或留意呢？他匆忙地爬上小山，穿过深绿的原野，沿着漆黑的煤渣小路前行。远处，隔着一片乡间的浅洼，壅塞的小镇仿佛燃烧殆尽的废墟，一座塔楼，一个尖顶，一大堆低矮、粗糙、破败的房屋。而在小镇最近的边缘上，向洼地倾斜着的，就是珀文家的"古老的牧场"[1]。那些马厩和屋舍清晰可

1　原文为Oldmeadow，是珀文家马场庄园的名字，意为古老的牧场。

见，坐落在面朝着他的斜坡上。唉，他不会再到那里去多少次了！他失去了另一个消遣之处，失去了另一个地方：在这陌生、丑陋的小镇上，他所牵挂的唯一的朋友也即将失去。只剩下工作，单调沉闷的苦役，在矿工和铁匠的一个个住所之间来回奔波。这一切使他筋疲力尽，与此同时又令他渴望。去到那些工人们的家里，对他而言是种刺激，直接穿过了他们生活的最深处。他的神经紧张而满足。他可以如此接近并且进入这些粗犷、不善言辞、情感强烈的男男女女的生活本身。他满腹牢骚，曾说过他厌恶这个地狱般的小镇。但实际上它却令他激动，与豪放粗犷、感情强烈的人们接触是直接适用于他神经上的兴奋剂。

"古老的牧场"下面，在碧绿、湿润的浅浅洼地上，有一个很深的正方形池塘。环顾景色时，医生敏锐的目光发现一个黑色的人影穿过那片田野，向池塘走去。他又看了看。那貌似是梅布尔·珀文。他的内心突然活跃而警惕起来。

她为什么要往那里走？他在山坡上面的小路上停下脚步，站着凝望。他只能在昏暗的暮色中辨认出这个瘦小的黑影在移动。他似乎能够在朦胧模糊之中看见她，就像他是千里眼，用心灵之眼而非普通视力在看。他能够清晰地看到她，同时他的双眼保持警惕。他感觉到，如果视线从她身上移开，在厚重、阴沉的暮色中，他将完全遗失她的踪影。

他密切地注视着她的移动，只见她笔直地穿过田野走向池塘，意图明确，更像是个被传送的物体，而非出于自发性的行为。她在岸边站了一会儿。她始终没有抬头。接着，她缓缓地踏入水中。

他一动不动地站着，同时那个小小的黑色人影缓慢而从容不迫地朝池塘中央走去，缓缓地逐渐地走入静止的池水深处，当水位达到她的胸口时还在向前移动。然后，他再也无法从死气沉沉的黄昏迟暮中看见她。

"喂！"他大喊一声。"真是难以置信？！"

于是他赶忙冲下去，跑过湿淋淋的田野，穿过树篱，进入坚硬寒冷晦暗的低洼地带。他花了好几分钟才抵达池塘。他站在岸边，气喘吁吁。什么都没有看到。他的双眼似乎要穿透这潭死水。是的，或许水面下方就是她一袭黑衣的暗影。

他缓缓冒险进入池塘。底部很深，是松软的黏土，他陷了下去，双腿被寒冷刺骨的池水紧紧环绕。他挪动时可以闻到搅乱在水中的寒冷腐烂的土腥味。吸入肺中令人不适。尽管这让他不堪忍受，但他并未在意，继续往池塘的更深处移动。冰冷的池水淹没了他的大腿，漫过了他的腰部，浸到了他的腹部。他的下半身已完全陷入可怕的酷寒。池底极其松软又难以确定，他不敢俯仰着把嘴巴放到水下。他不会游泳，而且很害怕。

他微微屈膝，伸开双手在水下来回划动，试图摸索着寻找她。死寂寒冷的池水在他的胸前摇晃。他又向更深处移动了一点，一次又一次，用两手在水下到处探寻。然后他摸到了她的衣服。可是又从他的指间滑走了。他竭尽全力孤注一掷地想要抓住它。

但他这么做时却失去平衡沉了下去，非常可怕，污秽浑浊的泥水令他窒息，他拼命挣扎了一会儿。后来，经过一段似乎永无止境的时间，他才站稳，重新起身露出水面并且环顾四周。他倒抽了一口气，知道自己还活在世上。于是他朝水里望去。她就在他的身边漂浮着。他揪住她的衣服，把她拉近，转过身向岸边走去。

他小心翼翼地缓慢前行，完全沉浸在这一过程之中。他越升越高，正走出池塘。现在池水仅仅浸没到他的小腿；他很庆幸，对摆脱了池水的魔爪满心宽慰。他抱着她跌跌撞撞地走到岸上，脱离了对潮湿腐臭的泥土的恐惧。

他把她放在岸边。她已完全失去知觉，全身湿透。他使她嘴里的水吐出来，努力让她恢复。没有抢救多久，他便感觉到她重新开始呼吸；她的呼吸自然平稳。他又急救了一段时间。他能够感受到双手之下她的生命；她起死回生了。他擦拭了她的脸，用自己的大衣把她裹住，环顾着模糊灰暗的世界，然后抱着她蹒跚地走下湖岸，穿过田野。

道路似乎难以置信的遥远，他的负担又如此沉重，他觉得自己永远无法抵达那座房子。但是最终，他走到马厩庭院，然后走入宅院。他推开大门，进了屋子。他将她放在厨房的炉前地毯上，呼喊起来。屋子里空无一人。不过炉栅里却生着火。

这时他又跪下来照料她。她呼吸均匀，两只眼睛睁得大大的，似乎已经清醒了，但她的眼神里又好像缺少了什么。她自己有了知觉，但对周围的环境却没有意识。

他跑上楼，从床上拿了几条毯子，放在炉前烘暖。接着，他脱去她浑身湿透、满是土腥味的衣服，用毛巾把她擦干，并用毛毯把她赤裸的身体裹起来。随后，他走进餐厅寻找烈酒。那里还剩一些威士忌。他自己喝了一大口，又灌了一点到她的嘴里。

酒精的效果立竿见影。她打量着他的脸，仿佛已经看了他好半天，但刚刚才认出他而已。

"弗格森医生吗？"她说。

"什么？"他问。

他正在脱自己的外套，打算到楼上找些干净的衣服。他无法忍受黏土死水的腐朽气息，而且非常担心自己的健康状况。

"我做了什么？"她问道。

"走进了池塘，"他回答。他像生病了一样开始全身战栗，简直不能照顾她。她的双眼依旧盯着他，他仿佛脑海里一片黑暗，无能为力地回望着她。他的战栗渐渐平缓下来，生命力又回到他的体内，神情恍惚又毫无知觉，但重新强壮起来。

"我发疯了吗？"她问，与此同时她的双眼一直凝视着他。

"可能吧，暂时的。"他回答。他现在感觉很平静，力量得以恢复。奇怪而烦躁不安的紧张则烟消云散。

"我现在还精神错乱吗？"她问。

"你是吗？"他考虑了一下。"不，"他诚实地回答，"我认为你没疯。"他转过脸去。现在他害怕起来，因为他觉得头晕目眩，而且朦胧地感觉到在这个问题上，她的力量比他更强大。她依然目不转睛地望着他。"你能不能告诉我在哪儿能找到干衣服穿？"他问。

"你是为我跳进池塘的吗？"她问道。

"不是，"他回答，"我是走进去的。但是我也被水淹没了。"

屋里沉默了片刻。他犹豫不决。他很想上楼去找些干衣服穿上。可内心又有另一种渴望。而且她似乎控制着他。他的意志似乎已经沉睡，抛下他呆滞地站在她面前。但他的内心却感觉到温暖。他不再战栗，尽管他的衣服湿透了。

"你为什么要救我？"她问。

"因为我不希望你做这样的傻事。"他说。

"我并不愚蠢。"她说，她躺在地板上，头底下垫了个沙发靠垫，仍然凝望着他。"那样做是正确的。我当时知道得很清楚。"

"我去把这些湿衣服换掉。"他说。可是他依旧没有力气从她面前走开，除非她允许。就好像他躯体的生命被掌握在她的手中，他无法自拔。抑或他并不想挣脱。

突然她坐起来。她这才意识到自己当前的状况。她发现了裹在身上的毯子，辨认出自己赤裸的四肢。顷刻之间她似乎丧失了理智。她用睁大的双眼环顾四周，好像在寻找什么似的。他怀着恐惧静静站着。她看到自己的衣服散落一地。

"谁把我的衣服脱了？"她问，目光不可避免的完全停留在他的脸上。

"是我，"他回答，"为了让你恢复知觉。"

有好一阵子，她坐在那里惊恐地凝视着他，张着嘴巴。

"那你爱我吗？"她问。

他只是站在那儿睁大眼睛瞪着她，神魂颠倒。他的心灵似乎被熔化了。

她跪着往前挪动，用双臂抱住他，环抱他的双腿，胸部紧贴在他的膝盖和大腿上，莫名其妙、痉挛一般坚定地抓紧他，使他紧贴着自己，让他靠近她的脸庞、她的颈项，同时她用闪闪发光、恭顺谦卑的双眼仰望着他，第一次流露出想要占有他的狂喜与欢欣。

"你爱我……"她喃喃自语，充满诡异的激动、渴望、喜悦和自信。"你爱我。我知道你爱我，我知道。"

随后她深情地亲吻他的双膝，隔着湿淋淋的衣服，充满激情不分青红皂白地吻着他的膝、他的腿，似乎忘却了一切。

他低头看着她凌乱潮湿的头发，狂野、赤裸、肉感的肩膀。他惊奇、疑惑，甚至有些害怕。他从来没有想过爱她。他也从未打算爱她。当他将她救起并使她恢复知觉时，他是医生，而她只是个病人。他对她没有丝毫个人情感。况且，这种个人因素的掺入令他厌恶反感，是对他职业声誉的亵渎。让她拥抱着他的双膝真是太可怕了。实在是太恐怖了。他极度地反感。然而——然而——他没有力量挣脱。

她再次望着他，眼中满怀对强烈爱意的祈求，以及超乎寻常、令人恐惧的欢欣得意。由于微妙的激情从她脸上发散出来宛若光辉，他无力自拔。然而他从未打算要爱她。他从未打算过。他深藏内心的某种顽固意念无法退让。

"我爱你。"她重复着，深沉、狂热、自信地呢喃。"你爱我。"

她的双手拉着他，将他拽向自己。他很害怕，甚至略感恐惧。因为他，真的，从未有过爱她的意图。但是她的手正把他拉向她。为了使自己站稳，他迅速伸手扶住了她赤裸的肩膀。这只抓着她柔软肩膀的手仿佛被一团火焰灼伤。他根本没有爱她的意图：他的全部意志都在抵制他的屈从。这太可怕了。然而，触摸她肩膀的感觉是那么妙不可言，她脸上闪耀的光芒是那么美丽动人。她也许是疯了？他极为憎恶屈服于她。但内心却又有什么东西在隐隐作痛。

他移开视线盯着房门，一直不看她。可是他的手仍然停留在她的肩上。她突然之间变得非常平静。他低头望着她。她的眼睛睁得很大，充满恐惧和疑虑，脸上的光彩逐渐消失殆尽，可怕的灰暗阴影又重新笼罩。他无法忍受她向他投来的质询的眼神，以及隐藏在这疑问背后的死亡的神情。

伴随着内心的折磨，他让步了，使自己的心向她屈服。一丝突如其来的温柔笑容浮现在他的脸上。她的双眼，一直没有离开他的脸颊的双眼，渐渐地、渐渐地盈满了泪水。他注视着她眼中潸然而下的奇怪水流，如同缓缓涌出的汩汩泉水。而他的心似乎在胸中燃烧并融化。

他再也不能无动于衷地看着她了。他跪在地上，胳膊搂住她的头，让她的脸紧贴着自己的喉咙。她非常安静。他似乎已经破碎的心，带着痛苦的煎熬在胸中燃烧。他感觉到她滚烫的泪水慢慢润湿了他的喉咙。可是他一动不动。

他感觉到滚烫的眼泪浸湿了他的脖子和颈窝，但他依然纹丝不动，似乎沉浸于这种人类的永恒之中。直至现在，把她的脸庞紧贴着自己，这对他而言已变得不可或缺；他再也不可能让她离开。他永远不会让她的头从他双臂紧紧的拥抱中逃离。他希望保持这个姿势直到永远，听凭他的心在经历了痛苦的自戕的同时，能带来生命的活力。不由自主地，他俯视着她潮湿、柔软的棕发。

接着，似乎突如其来地，他闻到了那可怕污浊的池水气味。与此同时她从他身边挣脱然后看着他。她的双眼含情脉脉，若有所思，似乎有些深不可测。他害怕这双眼睛，低头去吻她，不知道自己在做什么。他只想要她的双眼不再流露出那可怕的、渴望的、深不可测的目光。

当她再次转过脸对着他时，微弱而娇柔的红晕洋溢开来，可怕的喜悦光彩又在眼中浮现，这真令他恐惧，然而他又想看见它，因为他更害怕那种疑虑重重的眼神。

"你爱我？"她问得有点忐忑。

"是的。"他痛苦努力地说出这个词。并不是因为它不真实而是因为它此刻才成真，这句话似乎把他刚刚破碎的心再次撕裂开。他几乎不希望它是真实的，甚至现在也是如此。

她仰脸对着他，他俯身温柔地吻她的唇，是一次山盟海誓的亲吻。吻她的时候，他的心在胸中再次紧绷。他从未打算爱她。可如今一切都晚了。他已跨过彼此之间的鸿沟，而他留下的所有一切都枯萎湮灭、化为乌有。

这一吻之后，她的双眼再次渐渐闪烁泪光。她静静坐着，远离着他，头垂向一侧，两手交叉放在膝上。泪水缓缓滑落。屋内万籁俱寂。他也一动不动、默默地坐在炉前的地毯上。他那破碎的心中奇怪的痛楚似乎要将他吞噬。他应该爱她吗？这就是爱情？！他有一种分裂的感觉？！——他，一个医生！——要是人家知道了会怎样嘲笑啊！——想到别人会知道这一切，他痛苦不堪。

在这种想法所带来的难以理解、不加掩饰的痛苦中，他再次注视着她。她坐在那儿，低着头陷入沉思。他看见一滴泪珠掉落，不禁怦然心动。他第一次注意到她的一侧肩膀完全没被盖住，一只手臂裸露着，他可以瞥见一只纤小的乳房；隐约朦胧，因为此时房间内几乎已是一片漆黑。

"你为什么要哭？"他问道，声音都变了。

她抬头望着他，泪水背后是她第一次清醒地意识到自己的处境，眼中闪现出黯然羞愧的神色。

"我没哭，真的。"她说，有些畏惧地注视着他。

他伸出手，温柔地握住她裸露的手臂。

"我爱你！我爱你！"他说，声音柔和、低沉、战抖，不像他自己的。

她退缩着，低下了头。他温柔、敏锐地紧握她的手臂，令她忧伤。她仰头望着他。

"我想走，"她说，"我想去给你拿些干衣服来。"

"为什么？"他说，"我挺好的。"

"但我想去，"她说，"我想让你把湿衣服换掉。"

他松开她的手臂，她把自己裹在毯子里，相当惊惧地看着他。仍然没有站起来。

"吻我。"她祈求道。

他亲了她一下，不过很短暂，而且有些恼怒。

然后，过了片刻，她忐忑不安地站起来，全身都裹在毯子里。他看着她手忙脚乱，试图把自己裹好以便抽身走开。他无动于衷地看着她，正如她知道的那样。当她离去的时候，毯子拖在身后，他瞥见她的双脚和白皙的腿，他试图忆起将她裹在毯子里时的模样。可是当初他根本不想记住，因为那时对他而言她无足轻重，而且他对记起一个跟自己毫无关系的女人感到本能地厌恶。

昏暗的房子里一阵翻箱倒柜、低沉压抑的声音让他吓了一跳。然后他听见她的声音："这儿有些衣服。"他起身走到楼梯口，捡起她从楼上扔下来的衣服。接着他回到炉火边，擦干净身体并换上衣服。穿着完毕后，他看着自己的样子，咧嘴笑了起来。

炉火逐渐黯淡下去，因此他加了些煤块。屋里现在很暗，只有从远处冬青树间透进来的路灯的微弱光亮。他用在壁炉架上找到的火柴点燃了煤油灯。然后他清空了自己衣服的口袋，把他所有的湿衣服堆起来扔进洗涤槽。之后，他轻轻地收拾起她的湿衣服，将它们单独放在洗涤槽上的铜架上。

时钟指向六点，他自己的手表已经停了。他该回诊所了。他等了一会儿，但她依旧没有下来。于是他走到楼梯口喊道：

"我得走了。"

话音未落，他便听到她走下楼来。她穿上了自己最好的黑色薄纱长裙，头发梳得整整齐齐，但还是湿漉漉的。她注视着他——不由自主地微笑起来。

"我不喜欢你穿那身衣服，"她说。

"我看起来奇怪吗？"他回答。

他们彼此都有些难为情。

"我给你沏点茶。"她说。

"不，我必须走了。"

"真的吗？"她又用睁大、紧张、疑惑的双眼望着他。于是再一次，从内心的痛楚中，他意识到自己有多么爱她。他走过去俯身亲吻她，温柔地，深情地，带着心疼亲吻她。

"我的头发真难闻，"她心烦意乱地喃喃自语，"我真是糟糕，我真是糟糕！噢，不，我实在是太糟糕了！"然后她突然开始啜泣，痛苦而又令人心碎。"你不会想要爱我的，我糟透了！"

"别傻了，别傻了。"他说，试图安慰她，亲吻她，把她抱在怀里。"我爱你，我要娶你，我们这就结婚，很快，很快——如果可以的话就在明天。"

但她只是使劲啜泣着，哭着说：

"我感觉糟透了，我感觉糟透了。我觉得对你来说，我太令人讨厌了。我觉得于你而言，我太不好了。"

"不，我爱你，我爱你。"这就是他的全部回答，茫然地，语调可怕的回答。那种可怕的语调几乎要比她唯恐他不要她的恐惧更令她受惊害怕。

美妇人

波琳·阿滕伯勒已经七十二岁了，但是在若明若暗的光线下，她仍时常被人误以为只有三十岁的年纪。她风韵犹存，是一个很懂得保养的女人。当然，这还得归功于她那副漂亮的骨架。她极富于骨感美，头部的骨骼非常精致，就像伊特鲁里亚女人一样，在骨骼的线条和标致幼嫩的牙齿里，都能彰显出女性独特的魅力。

阿滕伯勒夫人长着一张完美的鸭蛋脸，在略微扁平的脸型的衬托下，出落得恰到好处。她的皮肤紧绷着没有一点儿多余的赘肉，鼻子优雅地挺拔着，如一方拱桥般弯曲有致。唯有在她光滑的脸蛋上的稍显乌涂的灰色大眼睛，最能将她的实际年岁透露出来。她黛青色的眼睑有些下沉，有时候为了睁圆眼睛保持一颗明亮的眸子，却显得颇为吃力；在眼角处长出了细小的皱纹，憔悴的时候会松弛下来，但随后又会收紧，重放光亮，就好像莱昂纳多·达·芬奇笔下纵情享乐的女人[1]。

她的侄女塞斯莉亚也许是世界上唯一能够觉察到有一条若隐若现的线条连接着波琳眼角的皱纹和她的意志力的人。也只有塞斯莉亚有意识地观察到她的眼睛怎么突然就变得那么憔悴、苍老和疲惫，而且会维持几个小时，直到罗伯特回到家里。然后，砰的一声——那条细

1　这是一种隐喻。指的是达·芬奇画作中的佛罗伦萨官员的妻子——蒙娜丽莎或欢快的女人。这与波琳·阿滕伯勒颇有几分相似。

细的神秘的线条，在波琳的意志和面容之间又开始绷紧，疲倦憔悴而又圆鼓鼓的眼睛瞬间重放光亮，当她轻扬眼睑，弯曲有致的眉毛又开始有模有样起来，能够让人领略到这位美妇人身上十足的魅力。

她似乎真的有着永葆青春的秘诀；也就是说，她能够像鹰隼一般，在不断蜕变中永远年轻。但是她却很少采用那个秘诀。她显得很睿智，并没有想着用自己的年轻去取悦太多的人。她的儿子罗伯特和威尔弗里德·耐普先生会分别在晚上和中午的时间过来用茶；除此之外，就是罗伯特在家的时候，礼拜日偶尔会到来的客人——她对于这些人，往往显现出自己可爱的温和的一面，不会在岁月流逝中枯萎，也不会因时过境迁而陈腐。她是那么的聪明、友善却略微有些嘲弄，活脱脱像极了不谙世事的蒙娜丽莎。但是波琳相对而言则知之甚多，所以她并不需要沾沾自喜。她笑靥一起，便可爱非常，她曾模仿酒神女祭司的笑声，无论何时都不含恶意，而且总是含有一种善意的宽容，所有的美德和罪恶，在她调皮的暗示中，都被赋予了足够充分的宽容。

只有和侄女塞斯莉亚待在一块儿的时候，她才不会煞费心思地保持自己的魅力。毕竟西斯感觉并没有那么敏锐；而且，她是一个普通的女人；更何况，她如今对罗伯特心存爱慕；更为重要的是，她已经三十岁了，很依赖着她的婶妈波琳过活。噢，塞斯莉亚，犯得着为她劳心费神吗？

她的婶妈和堂兄弟罗伯特会称塞斯莉亚为西斯，就像是一只猫发出的呼噜声。西斯是一个身体健硕，面容黝黑，脸上长着一颗狮子鼻的女人。她寡言鲜语，每次话到嘴边，却又收回来。她的父亲生前是波琳的丈夫罗纳德的兄长，他是一位公理教会的穷牧师。罗纳德和公理教会的这位神职人员都已驾鹤仙逝，而作为婶妈的波琳五年以来一直都供养着西斯。

他们都住在一所安妮女王时代的房子里，空间不大，却很精致。这所房子距离城里估摸有二十五英里，蛰居在一个偏僻的小山谷中，四周是一片尽管狭小却显得可爱有趣的园地。这对于如今已经七十有二的婶婶波琳来说，是一个理想的生活栖居地。在翠鸟高高跃起，掠过这片园地中的小溪、飞跃赤杨树的同时，也轻轻地掠过她的心。那就是这样的一个女人。

罗伯特比西斯年长两岁，每天都往城里去，到一个律师事务所工作。他是个律师，但羞愧难当的是他一年的收入只有一百镑左右，这个事情成了他内心的秘密，并不为人所知。他至多只能挣这么多，却很容易连这个数目都够不上。当然，这无关紧要。波琳有的是钱。但是波琳的总归还是波琳的，尽管波琳花起钱来也是大手大脚，但却还是让人觉得拥有了一份可爱却不该得到的礼物。波琳婶婶会说：本不该得却得到了的礼物更令人愉快。

罗伯特同样貌不惊人，而且话说得不多。他中等身材，体形宽大粗壮，却不显得肥胖。唯有乳脂色的刮得一丝不苟的面庞有些显肥，沉默而神秘，有时候看起来像一个意大利的牧师。像母亲一样，他有着一双灰色的眸子，但却非常羞涩不自在，不如他母亲勇敢。也许西斯是唯一一个能揣摩他那极度羞涩和不安的人，还有他那习惯性的认为自己不得其所：就像一个灵魂进入了错误的躯壳。但他从没有为此做出任何的努力。他还是一如既往地到律师事务所去读读法律。然而，所有古怪的陈旧的法律程序都能激发他的兴趣。除了他的母亲，所有的人都不知悉他有着一个非常独特的收藏，那就是一份古老的墨西哥法律文件——有关法律程序、审判、答辩和控告的文件：那是十七世纪墨西哥教会法律和普通法律的奇怪而可怕的混合体。他在通读这份发生在1620年的墨西哥的英国水手因谋杀而被指控的审判报告之后，开始着手研究这个方向。随后他继续踏上了研究之路，第二份控告书描述的是一个叫米歇尔·埃斯特拉德的人在1680年诱奸奥萨卡镇圣心修道院的一个修女从而被指控的过程。

这些古老陈旧的法律文件陪伴着波琳和他的儿子罗伯特度过了无数美妙的夜晚。这个美丽的妇人通晓一点西班牙文，她的装扮也颇像西班牙人，头上高高地顶着一把梳子，身上穿着一件精妙美艳的深棕色的花色披肩，绣着厚厚的银丝线。她坐着的，是一张极为古典的桌子，深棕色的边缘柔软如天鹅绒一般，耳环垂下来悬在半空，她裸露的手臂光彩动人，脖子上戴着几串珍珠，紫褐色的天鹅绒外套上，就披着深褐色的或者是另外的漂亮披肩。透过朦胧的烛光，她看起来只有三十二三岁，活脱脱就是一位高贵的西班牙美人。她将蜡烛摆设得恰到好处，光线形成的明暗对照，能完好地映衬出脸部的色彩；她坐在老式的绿色断面的高椅上，漂亮的脸蛋像极了一朵圣诞节的玫瑰。

他们时常在一起吃饭，总要喝一瓶香槟酒：波琳和西斯每个人喝两杯，其余的都给罗伯特。这位美妇人是那么的光彩熠熠引人注目。西斯剪得一头短短的黑发，宽阔的肩膀上穿着婶妈波琳帮她设计的一身合身的漂亮衣裳，西斯浅褐色的眼神中总是充满着默然和困惑，看看自己的婶妈，又看看堂兄，时常扮演的是一个深受感动的观众。在某些地方，她总是满怀感激。甚至经过了五年的时间，她仍然对波琳的美貌不置一词。但是在她的心底其实有着一个奇怪的文件收藏夹，跟罗伯特的研究颇为相似，收藏着关于婶妈波琳和堂兄罗伯特的一切事情。

罗伯特颇有绅士风范，老式拘束的礼节完全掩盖住了他的羞涩。西斯对他很了解，对于他而言，比羞涩更甚的是内心的困惑，而且比西斯还要严重。塞斯莉亚的困惑目前为止至多才有五年的时间。而罗伯特则打一出生即是如此。在那个美妇人波琳的子宫里的时候他就开始感到困惑。

他将所有的注意力都倾注在母亲身上，就像一朵卑微的花儿面对着太阳。然而，他如神父一般，在意识的末梢，才发现西斯在那儿，她被剔除了出去，似乎有什么事情不太对劲儿。他感觉到房子里存在着第三者的意识。然而，对于波琳而言，她的侄女塞斯莉亚仅仅是她所设定的一个合适的部分，而完全没有自己的意识。

罗伯特和他的母亲和西斯在房间里暖和的客厅中喝咖啡，那里所有的家具都非常精致，每一件都值得珍藏——阿滕伯勒夫人就是曾经通过私下买卖油画、家具和欠发达国家的稀有物品获利。他们三人会漫无边际地聊到八点或者八点半，这个过程愉快而舒适，很有家的感觉。波琳通过华丽的装饰营造出了浓郁的家的气氛。他们之间的谈话虽然简洁却很愉快。波琳还是那个波琳，她在其间会表现出友善的嘲弄和古怪的讽刺逗乐，直到他们之间的谈话结束。

这个时候西斯就会站起身来道晚安，把咖啡杯带走，免得罗伯特再来打扰。

然后！哦，就在这时，一个温馨热烈的一夜就拉开了帷幕，母子两人开始解析法律手稿并且讨论其中的要点，这是波琳的拿手活儿，她也因而变得热情洋溢。这个过程也来得那么的真切。只要和男性接触，波琳就会以一种神秘的方式聚敛起自己的激情。沉稳而温和的罗伯特在与波琳的相处中，俨然成了一位长者——就像牧师和一个年轻的女学生在一起，这就是罗伯特的切身感受。

西斯的房子从庭院横跨过老式的马车房和马棚。那里没有马。在那上方就是西斯的三间非常精致的房间，一间挨着一间，她已经习惯了听取马棚里的钟的嘀嗒声。

但有时候她不往自己的房间里走。夏天来临，她会坐在草坪上，透过楼上客厅敞开的窗户，听到波琳爽朗的欢笑声。冬天的时候，这个年轻的女人会穿上一件厚厚的外套，慢慢走到溪流之上的小桥，然后看着那三间灯火通明的客厅中，母子二人正相谈甚欢。

西斯爱着罗伯特，她想波琳会同意他们两人结婚——在波琳死了之后。但是贫穷的罗伯特在处理男女关系的时候，经常为羞涩所累。不知道在母亲死了之后，他会变成什么样子？——这还要过上二十多年的时间。他是一个矜持的男人，从来没有活出过自己。

当他们为长辈的阴影所笼罩，那种奇怪的沉默的同情，就成了西斯和罗伯特这两个年轻人相处时的纽带之一。但是另一种西斯无法维系的纽带是激情。可怜的罗伯特其实本质上是一个热情洋溢的男人。他深藏在心底的沉默和愤怒，以及自身的羞涩，同样构成了他自身热火中烧的秘密。而波琳就能够将其玩弄于股掌之中。呵，当他凝视着自己的母亲之时，也被西斯看在了眼里——他那迷恋的眼神中充满了卑微和羞涩。他感到羞愧的是他不像一个男人。而且他也不爱他的母亲。他只是被她所吸引。完完全全地被迷住了。除此之外，就只剩下在终生的困惑中泥足深陷。

西斯一直待在花园中，直到波琳卧室中的灯亮起来，那时候已经是十点钟了。美妇人去休息了，而罗伯特还要独自一人再待上一个小时左右的时间，然后才去睡觉。西斯在漆黑一片的外头，有时候恨不得悄悄潜到他的身边对他说："哦，罗伯特！这完全不对劲儿！"但却担心婶妈波琳会听到。所以无论如何西斯不能这么做。她回到了自己的房里，日复一日，直到永远。

第二天清晨，咖啡会放在一个托盘上，送到他们三人的房间。西斯九点钟必须要到威尔弗里德·耐普先生那里花两个小时的时间给他的小孙女上课。除了喜爱钢琴并经常弹奏之外，这是她个人认真严肃地去做的事情。罗伯特大约九点动身到城里。一般而言，波琳到了中午的时候就会出现，尽管有时候还没到喝茶的时间。当她出现的时候，瞧上去总是那么的清新和年轻。但是在大白天她很快又会褪去了光亮，就像一朵没有雨露的鲜花。她年轻的生命属于夜晚。

所以她经常中午休息。太阳升起来的时候，她会去晒个日光浴。这是她的秘密之一。她的午餐非常简单；她可以在中午前后做一个神清气爽的阳光或空气浴。这个时候经常是在下午，正当温煦的太阳照到废弃的马厩后头一块奇怪的围着杉木的红墙一带，西斯敞开睡椅和毯子，打开轻便的阳伞，随后那个美丽的妇人也带着书来到了这里。西斯这时候就不得不保持警惕，以免听觉敏锐的婶妈听到她房间里的脚步声。

一天下午，塞斯莉亚突然想到自己也可以晒个日光浴，借以消磨午后漫长的时光。她变得越来越焦躁不安。想着从房顶爬到马厩的平顶上，这对她而言是一次新的冒险。她经常爬到屋顶上，给马厩里的钟上好发条，这是她给自己设定的任务。她现在正拿起毯子，爬到屋顶上，仰望着天空和高大的榆树梢头。看着太阳，然后脱下衣服，在屋顶一角的矮墙边上惬意地躺着，沐浴在阳光下。

在暖煦的阳光和空气中舒展身体是很惬意的，确实如此，会感到非常舒畅。而且这样还可以融化内心的痛苦，以及一些无法言及和解决的愤慨。更有甚者，她还能够将自己摊开，让太阳充分地照耀她的全身。如果没有别的爱人，她情愿与太阳相爱！她赤裸全身，在阳光下翻动着。

突然，她屏住了呼吸，头发一根根笔直地竖了起来，一个柔软的声音是那么的空灵，掠过她的耳际：

"不，亲爱的亨利！不是我说，你如果想娶克劳狄亚，还不如死去的好。不是的，亲爱的，我是真的真的很希望你能娶她，尽管她并不适合你。"

塞斯莉亚坐在毯子上一下泄了气，变得有气无力的，而且担惊受怕，不停地流汗。那个恐怖的声音是那么的柔软，那么的空灵，却显得那么的做作。完全不是一个人类的声音。肯定有个人也在屋顶上！噢，这真是太可怕了！

她抬起虚弱的脑袋，偷偷地顺着倾斜的屋檐望去。没人！烟囱很窄，也藏不下人。也没有人在屋顶上。也许有人藏在树上，在那棵榆树上。又或者——那是难以言喻的恐怖——那不是人的声音。她又抬了抬头去看。

正当她再去看时，那个声音又传了过来：

"不，亲爱的！我告诉你，你肯定会在六个月之内对她感到厌倦的。你有一天会知道这是真的，亲爱的！真的呀，千真万确！我想让你明白这一点。所以，这其实不是我让你因为想要她而感到虚弱和无力，克劳狄亚那个可怜的东西，她看起来总是愁眉苦脸的，想不想要她是个问题。亲爱的，你让自己陷入了窘境。我只是警告你。除此之外我还能做什么呢？你丧失了意志，甚至直到死了都不认得我了。这太令人沉痛了，太沉痛了。"

声音消失了。在一阵痛苦而紧张的倾听之后，塞西莉亚虚弱地瘫倒在毯子上。噢，这实在是太可怕了。太阳初升，天空蔚蓝，一切看起来都如夏日的午后般可爱。然而，噢，太可怕了！她不得不相信超自然的力量！尽管她很讨厌鬼魂、声音和咒怨等等所有的这一切超自然的东西。

但是，那个可怕的在无形中潜行的声音，带着破败的泛音在耳边窃窃低语。熟悉了之后会发现那是多么的毛骨悚然！显现出一种絮絮叨叨的诡异。可怜的塞斯莉亚只能赤条条地躺在那里，显得愈加痛苦却又难以释然，她呆若木鸡，整个人难以动弹，被吓得瘫倒在一边。

接着，她听了那个东西的叹息声！听起来是那么的诡异却又似曾相识，然而却不是人类的声音。"噢，好吧好吧！心脏势必用来流血。流血总比心碎强。真令人悲伤，悲伤！但这不是我的错，亲爱的。而且罗伯特或者明天迎娶我们可怜的蠢笨的西斯，如果他想要她的话。但是他对此漠不关心，因而为什么要逼着他去做呢？"这个声音起伏不定，有时仅是喑哑的私语。听！听！

塞斯莉亚眼看着就要大声叫出来，发出猛烈的歇斯底里的尖叫，但最后的两句话将她摁了下去。她变得警觉和精明起来。那是婶妈波琳的声音！那一定是婶妈波琳，她在打腹语，或者在搞类似的玩意儿。她真是个魔鬼！

她在哪儿呢？她应该就躺在那儿，刚好在塞斯莉亚的正下方。如果不是用魔鬼般的腹语诡计，那就是将意念像声音一样进行传播。那个声音很不均匀，有时候听起来非常模糊，有时又仅仅是一闪而过的噪音。西斯使劲儿听着。不对，那应该不是腹语。那是更糟糕的像传播声音一样的传播思想的极为恐怖的方式。塞斯莉亚依然羸弱地呆在那里，被吓得不能动弹；但是她在疑窦中开始镇定下来。意识到这是那个非人道的女人捣鼓出来的鬼把戏。

但那是一个魔性十足的女人！她甚至知道塞斯莉亚已经在精神上控诉她谋害了儿子亨利。可怜的亨利是罗伯特的哥哥，比罗伯特年长十二岁。经过了痛苦的自我挣扎之后，二十二岁的他突然间逝世了，因为他正痴狂地爱着一个年轻美貌的女演员，而他的母亲却对他们的交往冷嘲热讽。他因而患上了一种普通的急性病，在他重新恢复意识之前，病毒就已经侵入他的脑髓并杀死了他。西斯从自己的父亲那儿知道了这些情况。近来她在想，波琳是不是也会像杀死亨利一样地谋害罗伯特。这是一宗十足的谋杀案：一个母亲，用喀耳刻的魔法[1]，杀害了生性敏感而且痴迷于自己的儿子。

"我想我该起床了。"那个隐约模糊而又令人窒息的声音在喃喃自语。"阳光太猛烈或者太稀薄都不好。充足的太阳，充分的爱情冲动，餍足合宜的食物，任何一种都不能过量，这可以让一个女人长生不老。我以为是千真万确的。只要一个女人能够吸收所需的生命力，或者略微多一些都可以。"

这确实是婶妈波琳！这太——太恐怖了！她，西斯，听到的是婶妈波琳的思想。噢，太诡异了！波琳正通过一种无线电波传播自己的思想，而她，西斯则不得不倾听波琳的所思所想。太恐怖了！简直令人无法忍受！她们之间不是你死就是我亡。

她扭曲着身子，有气无力地躺了下去，心被掏空了，直盯着前方。

1　在希腊神话中住在海岛上的女巫师，她将尤利西斯等人变成了猪猡。

她的眼睛注视着一个洞穴，似有若无地盯着，那个洞穴沿着铅皮水槽转移到了角落。这对她毫无意义，只是给她增添了一丝惊吓。

突然间，从洞穴中又传出了一声叹息以及最后一阵耳语："噢，好吧！波琳！起床了，今天就到此为止吧。"天哪！声音是从雨水管道的洞孔中传出来的！雨水管道成了传声筒！太不可思议了！不，这也不是没有可能。她曾经在书本上读到过。而且婶妈波琳就像一个年迈而贪婪的妇人，时常对着自己大声嚷嚷。这铁定是她！

一阵狂喜突然涌上西斯的胸口。她知道了波琳为什么从来不让任何人包括罗伯特进入卧室的原因。也清楚了波琳为何从来不在椅子上打盹，而且绝不会心神不定地坐在任何一个地方，而只会径直走入房间，待在那里，直到有所意识并警觉起来。当她松懈下来的时候就会自言自语！她对自己说话的时候用的是一种柔软的带着点小癫狂的语音。但她并没有疯癫。只是她的思想冲着自己喃喃自语。

因而她对亨利怀有愧疚！她应该如此！西斯觉得比起罗伯特，婶妈波琳更爱她那高大帅气、才华横溢的大儿子，但是后者的死给了她一个沉重的打击，也让她懊悔莫及。亨利去世的时候可怜的罗伯特年仅十岁。从那以后，罗伯特就成了亨利的替代品。

噢，这太可怕了！

但婶妈波琳是一个诡异的妇人。当亨利还是一个小孩子的时候，甚至在罗伯特出世之前，她就离开了她的丈夫。他们之间从不争吵。有时候她会回去再看看丈夫，心情平和却又带有些嘲讽。她甚至还给他钱用。

波琳所有的钱都是她自己挣来的。她的父亲曾经在东方和那不勒斯担任领事，而且是一位狂热的异域珍品收藏家。他死了之后不久，他的孙子亨利出生了，他把收藏的财富留给了女儿。天赋异禀的波琳对珍贵的东西充满了激情，无论是在质地、形态还是色彩上，父亲的收藏为她自己积累财富提供了坚实的基础。她走上收藏之路，到处去进货采购，转头卖给其他的收藏者或博物馆。她将古老珍奇的非洲雕塑以及来自几内亚的象牙雕刻出售给博物馆。她一看中雷诺阿的油画就将其买了下来。却没有买卢梭的作品。她依靠自己积累了大量的财富。

丈夫过世之后她并没有再婚。也无人知晓她有没有情人。如果她确实拥有情人，那绝不是那些爱慕她、成为她的拥趸的男人。这些人在她心目中充其量仅仅被当作"朋友"。

塞斯莉亚穿上衣服，拎起毯子，小心翼翼地匆忙爬下楼梯走到房间里。当她下来的时候听到了音乐铃响：好吧，西斯——这意味着那个美丽的妇人已经回到家中。甚至她的声音变得极其年轻而且铿锵有力，具有完好的平衡感和自我克制的意识。与她自说自话时发出的轻微声响大相径庭。而那窸窣的声音才是老女人的。

西斯匆匆来到紫杉树林中，那里放着舒适的躺椅和各式精致的毯子。波琳的所有东西都是精挑细选的，连地板上的草席都是上乘的。那壮观的紫杉树林如围墙般开始投下长长的影子。只是毯子堆放在角落中，隐隐见出精致的色彩，仍旧在太阳下发光发热。

塞斯莉亚把毯子卷起，把椅子挪开，然后弯下腰去查看那个雨水管道的口子。在角落一个砖砌的盖子上，爬满了从墙上铺落下来的茂密的树叶。假如波琳躺在那儿，转过脸来面对着墙壁，她就会对着水管的口子说话。塞斯莉亚打消了心中的疑虑。她确切地听到了婶妈波琳的思想，但却不是经由任何神秘的媒介。

那个夜晚，波琳似乎有所察觉，她比往常显得沉静，尽管她看起来还是那么的稳重而且略显神秘。喝完咖啡之后，她对罗伯特和西斯说：

"我很困了。太阳照得我非常困倦。我感觉像一只蜜蜂一样装满了阳光。如果你们不介意，我得上床睡觉了。你们再坐着聊会儿。"

塞斯莉亚迅速地瞥了堂兄一眼。

"你是不是一个人待着最好？"她对他说。

"不——不是，"他回答道，"能不能再和我待一会儿，如果你不觉得烦闷的话。"

窗户正开着，金银花的香气随着猫头鹰的叫声传送进来。罗伯特在默默地抽烟。在他迟滞的略显肥胖的身躯中透露出一种绝望。看起来很像一尊沉重的女雕像。

"你还记得你的兄弟亨利吗？"塞斯莉亚突然问他。

他抬起头来，一脸愕然。

"当然，记得很清楚。"

"他是怎样的一个长相？"她说着，瞥了一眼她堂兄那双神秘而困惑的大眼睛，他的眼里充满了失落之情。

"噢，他长得很帅气：个头高，肤色好，遗传了母亲的柔软的棕色的头发。"但实际上波琳的头发是灰白色的。"那个女人非常倾慕他；而且他还是舞会里的常客。"

"他的性格是怎么样的？"

"噢，他的人很好，是个乐天派。他很能逗乐。而且很机智敏捷，跟母亲一样，也很好相处。"

"那他爱你母亲吗？"

"那是非常。她也很爱他——实际上比爱我更甚。他更接近她心目中的男性形象。"

"为什么他更符合她对男人的想象？"

"个子高——帅气——魅力四射，而且跟人相处融洽——而且我认为他在法律上的成就会很突出。恐怕这些我跟他比起来都得甘拜下风。"

西斯眼睛专注地盯着他看，她很清楚，在他平静的表面下，隐藏着深深的痛苦。

"你真的觉得你跟他比相去甚远？"她说道。

他没有抬起头。但是过了一会儿之后他回答道：

"我的生命本来就充满了消极色彩。"

她犹豫了一下，还是大胆地向他提出了问题：

"那你会介意吗？"

他没有回答她的问题。她的心沉了下去。

"你瞧，恐怕我的生活和你的一样悲观，"她说道，"而且我开始痛苦地意识到这一点，我如今已经三十岁了。"

她看到他那乳白色的煞是好看的手在颤抖。

"我想，"他说话的时候眼睛没有看着她，"人想要反抗，却总是为时已晚。"

这样的话从他嘴里说出来分外奇怪。

"罗伯特！"她说，"你究竟喜不喜欢我？"

她盯着他那忧郁的表情，呆若木鸡毫无变化，随后变得苍白起来。

"我非常喜欢你。"他喃喃自语道。

"难道你不想亲我吗？从来没有人吻过我。"她可怜兮兮地说道。

他看着她，眼神中因充满了恐惧和傲慢而变得怪异。接着他站了起来，轻轻地向她走去，在她的脸颊温柔地吻了下去。

"西斯，你实在害羞得过分！"他轻柔地说道。

她抓住他的手放在胸前。

"陪我在花园里坐一会儿。"她艰难地从牙缝中挤出话儿来。"可以吗？"

他心怀忧虑而且忐忑不安地望着她。

"那我的母亲怎么办呢？"

西斯露出了一丝戏谑的微笑，眼睛注视着他。他的脸上现出了一阵红晕，然后转过了头去。这是一个伤感的场景。

"我知道，"他说，"我并非某个女人的情人。"

他的语气中含有一种禁欲主义式的自我嘲讽。但即便如此，她也不知道这对他而言简直是一种耻辱。

"你从来都不想尝试？"她说。

他的眼神又开始变得捉摸不定。

"是不是每个人都必须去尝试？"他说。

"是的，为什么不去尝试呢。如果一个人不去尝试，那么他就将一事无成。"

他的脸色又苍白起来。

"也许你说得对。"他说。

几分钟之后她离开了他，径直走入她的房间中。无论怎样，她都已经努力地去开启这一个长久以来都被遮蔽了的话题。

依旧是阳光明媚的天气，波琳一如既往地晒着日光浴，而西斯则躺在屋顶上试图偷听到她的一言半语。但是却听不到波琳的声响。没有任何声音从管道中涌出来。她不得不把脸贴到管道的出口处。西斯想方设法地去听。但仅仅能够听到最最轻微的呢喃从底下传上来，却听不到任何的片言只语。

在夜晚的繁星下，塞斯莉亚静静地坐着，耐心地等待。她坐的位置可以看得见客厅的窗户和通往花园的边门。她看到婶妈波琳的房里亮起了灯，客厅的灯光随后也熄灭了。但她还在等着。他却一直不来。她在黑暗中等到半夜，连猫头鹰都在咕咕叫了起来。可她仍旧还是一个人。

两天过去了，她还是一无所获；她婶妈的思想依然没有透露出来。即便在夜晚也是悄无声息。然后，就在第二天的晚上，当她怀着沉重而无助的心情在花园中坚持坐着的时候，突然间吃了一惊。他来了。她踏着青草，轻轻地向他走去。

"不要说话！"他低声说道。

在静谧的黑夜中，他们走下花园里，穿过一座小桥来到一片牧场，刚割下的干草堆放在那里。在星光下，他们郁郁寡欢地站在一起。

"你看，"他说，"如果在我心里感觉不到爱的存在，又怎么可以去追求爱情呢？你知道我对你真正怀有尊重之情。"

"如果你从来没有去感受任何事物，那么你又怎么能够感觉到爱的存在呢？"她说道。

"这是千真万确的。"他回答。

她希望他能继续往下说。

"我又怎么能结婚？"他说，"我甚至连在挣钱方面都是失败者。我也不能问我母亲要钱。"

她深深地发出了一阵叹息。

"那么就先不要烦心结婚的事情，"她说，"给我一点爱，行吗？"

他笑了一下。

"如果我说一开始很难，那会不会太残忍了。"他说道。

她又是一声叹息。他真是顽石一块，很难改变。

"我们能坐一会儿吗？"然后，他们坐在了干草堆上，她接着问道："你介不介意我摸一下你？"

"是的，我介意。但是你可以随你的意去做。"他回答道。心里感到羞涩，却又夹杂着奇怪的坦率，让他变得有些滑稽，关于这点他心知肚明。但是在他心里却有着想要杀人的冲动。

她用手指触摸着他那乌黑的整洁的头发。

"我觉得总有一天我会反抗的。"他突然间再一次说道。

他们坐了一些时候，直到空气中袭来阵阵寒意。他仅仅握着她的手，但却一直没有拥抱她。到了最后她站了起来，走进屋内，跟他道了声晚安。

第二天，当塞斯莉亚昏昏沉沉而又怒气冲冲地躺在屋顶上，洗着她的日光浴，日光逐渐变得炽热而猛烈，突然间吓了一跳。一个恐怖的东西攫住了她。就是那个声音。

"亲爱的，亲爱的，你难道没有见到过他吗！"[1]这个声音在喃喃中渐行渐远，然而塞斯莉亚听不懂说的是什么语言。她平躺着，挪动了一下四肢，专注地聆听着她无法把握的言语。轻柔地窃窃私语，带着无限的爱抚，但是在表面的温和中，却蕴含着微妙的狡诈的傲慢，随着声音缓缓传来，用意大利语说道："很好，是的，非常好，可怜的

1　原文是 Caro, caro, tu non l'hai visto. 意大利语。

孩子，可惜他永远不会变成像你一样的人，永远永远。"[1]噢，尽管说的是意大利语，但是塞斯莉亚仍然可以感受到这个声音恶毒的魅力，仿佛爱意绵绵、温柔和顺，但却极其自私自利。那些不知来自何处的叹息声和私语声，让她恨之入骨。为什么，为什么它如此的精致，如此的细微和灵动，而且把人控制得那么完好，而相反，她自己却是那么的愚弱？噢，可怜的塞斯莉亚，她在午后的阳光下战抖着，很清楚自己的相形见绌，如滑稽的小丑般笨拙，毫无优雅可言。

"不，亲爱的罗伯特，尽管你长得跟你的父亲有几分相像，但是你永远不会成为像你父亲一样的男人。他是一个奇妙无穷的情人，温柔如花而又敏如蜂鸟。亲爱的罗伯特，我最亲爱美丽的爱人，我会一直等着你，就像一个垂死的人等待着死亡。死亡是奇妙的，对于纯粹的人的精神而言，尤其如此。[2]他把自己交予一个女人，就像将自己托付给上帝一般。莫罗！莫罗！你是多么的爱我啊！多么的爱我！"

声音陷入幻想戛然而止，塞斯莉亚清楚她之前的预料——那就是罗伯特并不是她的叔叔罗纳德的亲生儿子，却有着意大利人的血统。

"我对你非常失望，罗伯特。你的身上毫无激情。你的父亲是一个耶稣会教士，但他在世上是一个完美的激情四射的情人。你也是一个耶稣会教士，但是像水池中的一条鱼。你的西斯就像一只要钓你上来的猫。这甚至比可怜的亨利的遭遇更甚。"

塞斯莉亚突然间将嘴巴对准管口，用一种深沉的语音说道：

"还罗伯特自由吧！千万不要把他也杀害了！"

1　原文是 bravo,si,molto bravo,poverino,ma uomo come te non sara mai,mai,mai! 意大利语。

2　原文是 Cara,cara mia bellissima,ti ho aspettato come l'agonissante la morte,morte deliziosa,quasi quasi troppo deliziosa per una mera anima humana. 意大利语

在这个七月的午后，有着死一般的沉寂。天空压得很低，雷声隐动。塞斯莉亚仰卧着，心跳不已。她调动起整个灵魂在聆听着。最后她听到了一阵私语：

"有人在说话吗？"

她又一次侧下身来用嘴对着管道口：

"别像杀害我一样地杀害罗伯特．"她不快不慢发出声音，带着一种深沉的细微的音调。

"啊！"一阵尖利的叫声传来。"谁在那里说话？"

"亨利！"她用深沉的语音回答。

又是一阵死寂。可怜的塞斯莉亚筋疲力尽地躺了下去。还是悄无声息。直到最后，一阵耳语传来：

"我没有杀害亨利。不，没有！不，没有！亨利，你千万不要怪我！我是爱你的，亲爱的；我只是想帮你。"

"是你杀的我！"一个低沉的假装控诉的声音说道。"现在让罗伯特活着吧。给他自由。让他结婚！"

时间又停顿了一会儿。

"这是多么可怕的事啊！"那个声音沉吟道。"这可能吗？亨利，你是一个鬼魂，你想谴责我吗？"

"是的，我要谴责你！"

塞斯莉亚感到所有被压制的怨气都从那根雨水管道倾泻了下去。与此同时，她开始大笑起来。这实在是太可怕了。

她躺了下去，仔细聆听着。完全没有声响！好像时间凝滞了一般，她没精打采地躺着，阳光渐次黯淡下去，一直到天边的响雷轰隆作响。她坐起来。天空转而变得昏黄。她很快地穿好衣服，向下走去，来到马厩外头的角落里。

"波琳婶妈！"她轻声叫着。"你听见雷声了吗？"

"听见了！我这正准备进去。别等我。"一个虚弱的声音回答道。

塞斯莉亚走了回去，在房子里监视着那个美丽的妇人。只见她披着一件老旧的蓝色丝绸披肩，步履蹒跚走进屋里去了。

天色渐渐暗了下去。塞斯莉亚赶紧把毯子收回来。随后，风暴开始肆虐起来。波琳因此没有去喝茶。她感觉到了雷声隆动。由于大雨倾盆而下，罗伯特也是在喝完下午茶之后才回来的。塞斯莉亚从走廊回到了自己的房间，精心打扮之后去吃晚饭，还在胸前戴了几朵白色的花。

客厅里的灯散发出柔和的光线。罗伯特衣着光鲜，一边等着，一边听着雨声。他表情诡异而且怒气冲冲的。塞斯莉亚走了进去，胸前的白镂斗花在颤动着。罗伯特好奇地看着她，脸上显出了异样的神情。塞斯莉亚走到门边的书架，似乎在看着什么，而且侧着耳朵在留心听着什么。她听到一阵沙沙声，随后门轻轻地打开了。就当门打开的瞬间，西斯突然间开启了房间里电灯的强光。

她的婶妈正身着一件乳白色的夹杂着黑色蕾丝边儿的裙子，站在门口。她脸上化了妆，但是一种难以言说的烦躁令她形容枯槁就好像她身边的人对她长年累月积压起来的怨怒，使她一下子变成了一个丑陋的老巫婆。

"噢，婶妈！"塞斯莉亚叫喊了起来。

"为什么？母亲，你怎么变成了一个小老太！"罗伯特语气中充满了震惊——仿佛是一个玩笑，却使孩子受到了惊吓。

"你现在才发现这点吗？"这个老妇人带着怨毒的语气厉声责骂。

"是的，但是我想，这是为什么呢？"他说起话来战战兢兢的。

疲惫的老波琳听了罗伯特的话后，勃然大怒：

"我们究竟还下不下楼？"

她甚至没有意识到那盏耀眼的电灯，那是她本来会回避的东西。她步履蹒跚地走下了楼梯。

她坐在桌子旁边，脸上现出了难以言喻的愠怒。她看起来很苍老，非常苍老，就像一个巫婆。罗伯特和塞斯莉亚在一旁偷偷地瞥眼看她。而且西斯还看着罗伯特，只见他对自己母亲的容颜是那么的惊讶和反感，以至于他俨然变成了另一个人。

"你开车回家的时候情况如何？"波琳怒斥道，言语间急促不安而且异常烦躁。

"下雨了，当然。"他说。

"你这么聪明，还知道会下雨啊！"他的母亲说着，露出了牙齿刻薄尖利地笑着，完全掩盖了她之前调皮的笑容。

"我不明白，"他心平气和地说道。

"这是显而易见的。"他的母亲一边说，一边快速地吞咽饭菜。

她像一只疯狗把眼前的饭菜一扫而光，这让仆人大为吃惊。用餐完毕之后，她迈着怪里怪气的螃蟹步飞快地上楼去了。罗伯特和塞斯莉亚似乎成了两个同谋者，跟在她后面，一时惊呆了。

"你们倒咖啡喝吧，我不喜欢喝咖啡！我走了！晚安！"那个老妇人像连珠炮似的说道。随后她匆匆忙忙地走出了房间。

又是一阵死一般的沉寂。最后他说道：

"看来我母亲不太妙。我得劝她去看医生才行。"

"是的。"塞斯莉亚说。

　　夜晚在平静中流逝。罗伯特和西斯留在客厅，还生起了火。屋外下着冷冷的雨。他们各自在假装看书。并没有想着离开。这个晚上在一种不祥的神秘气氛中很快地过去了。

　　大约十点钟的时候，门突然间打开了，波琳身着一件蓝色披肩，出现在门口。她关上了门，走到火的跟前。她看着这两个年轻人，眼神中充满了怨怒。

　　"你们两个最好快点结婚，"她用一种厌恶的语气说道，"这样的话感情更好；多好的一对热恋中的爱人啊！"

　　罗伯特静静地抬起头来看着她。

　　"你不觉得堂兄妹之间不应该结婚吗，母亲。"他说。

　　"确实如此，但你们俩不是堂兄妹的关系。你的父亲是一个意大利的牧师。"波琳把她那穿着精致的拖鞋的脚伸过来烤火，摆出一副卖弄风情的老姿态。她整个身体都在努力重复着以前那些优雅的姿势。但是她的风情已经不复存在，只剩下糟糕透顶的滑稽模仿。

　　"这千真万确，母亲？"他问道。

　　"是真的！你做何感想？他是一个与众不同的男人，否则就不会成为我的情人。但是他能有你这么个儿子就更是了不起。只可惜这种好事却摊在了我身上。"

　　"这一切都太不幸了。"他慢条斯理地说道。

　　"你是说你不幸？其实你挺幸运的。那是我倒霉。"她对他说起话来很是尖酸刻薄。

　　她整个人看起来确实非常糟糕，就像是一块威尼斯玻璃坠落地面粉碎之后，重新将那些可怕的尖利的碎片拼接起来后的模样。

　　突然间她又离开了房间。

这样的状况持续了一周的时间，她依然没有恢复。她体内的每一根神经都充满了不协调的疯狂因子，随时可能会突然大声尖叫起来。由于她一度失眠，所以医生过来的时候，给她服用了一些镇静剂。如果没有药物维持，她根本无法入眠，就在房间里来回走动，样子丑陋而可怕，满脸丑恶的神情。她无法容忍她的儿子或者侄女的存在。只要他们之间的任何一个走过来，她都会满怀恶意地问：

"很好！你们的婚礼安排在什么时候？还没有举办什么婚礼庆祝活动吗？"

一开始塞斯莉亚被她的所作所为搅得不知所措。她隐隐约约地感觉到，一旦对她的婶妈进行一次确凿无疑的谴责，就会刺穿她那貌似美丽的盔甲，让她瞬间崩溃，在藏身的外壳中变得局促不安。这太可怕了。西斯受惊过度以至心生悔意。她在想："她其实本来便如此。现在就让她做回自己，以此了却余生吧。"

可是波琳也活不长了。她确实已经日渐憔悴。她待在自己房间里，看不到其他人。她甚至把镜子都拿掉了。

罗伯特和塞斯莉亚经常坐在一块儿。疯里疯气的波琳的讥笑并没有如愿将他们俩分开。但是塞斯莉亚不敢向他坦白她所做的事。

"你觉得你的母亲曾经爱过谁吗？"一天晚上，西斯用试探性的语气问起罗伯特，心里若有所思。

他眼睛直盯着她看。

"她自己！"他后来回答道。

"她甚至连自己都不曾爱过，"西斯说，"她爱的是另外的一些东西。但那是什么呢？"她对他报以苦恼而困惑的表情。

"权力？"他简短地回答。

"是什么权力呢？"她问道，"我搞不明白。"

"吞噬他人生命的权力，"他痛苦地说道，"她是美丽的，因而她以生命为养料。她像吞噬亨利一样地吞噬了我。她将一根吸管插入他人的灵魂，然后将其吞噬殆尽。"

"这么说你会原谅她吗？"

"不会。"

"可怜的波琳婶妈！"

但其实西斯并不是真心实意地怜悯她。她只是惊吓过度。

"我以前能感觉到我的心脏在跳动。"他说话的时候用双手冲动地锤击着自己的胸膛。"但是如今它已经几乎被吸干了。曾经我的灵魂就在某个地方，但也早已被啮食殆尽。我憎恨那些想要操纵他人的人。"

西斯一脸沉默。此时此刻，又该说些什么呢？

两天之后，波琳被发现死在床上，因吞食了过量的安眠药而导致心脏衰竭。

她在坟墓里还对她的儿子和侄女进行还击。她留给了罗伯特可观的一千镑，而给西斯留了一百镑。其余所有的钱，加上她主要的珍贵古董，都用来建造"波琳·阿滕伯勒博物馆"了。

你触摸了我

那家陶瓷作坊是一栋四四方方、肮脏不堪的砖砌房子，四周筑起的围墙将房子的整个庭院都包围于其中。准确地说，是一片女贞树的篱笆半掩着房子和庭院，将制陶场和陶瓷作坊隔开：但只是隔开一部分而已。透过这圈篱笆，可以看到冷冷清清的庭院以及窗户密布、像工厂模样的制陶作坊。而树篱之外，放眼望去，还能见到烟囱和田野。但是在篱笆里面，却坐落着一座华丽的花园，草坪向下倾斜，一直延伸到杨柳飘拂的池塘边。工人们的饮水就由这个池塘供给。

这个制陶作坊如今已经关闭，庭院里的那扇大门也永久地合上了。遍地皆是的黄色稻草和大板条箱，原本层层叠叠地堆放着，现在已不复存在。而且再也见不到粗壮高大的马匹驮着满满的货物走下山去了。那些穿着土褐色工作服的制陶姑娘，细细的灰土溅落在她们的脸蛋和头发上，她们高声尖叫着，与男人们嬉闹作一团，如今这些都已消隐无踪。所有的一切都已烟消云散。

"我们更加喜欢现在这个样子——这样更好——更加宁静。"玛蒂尔德·洛克里说道。

"是的，没错。"艾米·洛克里同意姐姐玛蒂尔德的说法。

"我确信如此。"客人对她们表示赞同。

但是，洛克里姐妹们是否真的更喜欢现在的状况，抑或她们只是想象自己如此，这就不得而知了。可以肯定的是，泥土飞溅、尘灰漫天的制陶场已经关闭了，而她们的生活却更加的灰暗和枯燥。她们没有确切地意识到自己其实那么想念那打闹嬉戏、大声叫喊的制陶工作，那时她们知悉彼此的生活，互相之间却也怀有浓重的厌恶之情。

玛蒂尔德和艾米已经是人老珠黄了。在一个纯工业地区，对于渴望找到一个好点儿的丈夫嫁人的女孩子而言，颇为不易。那个恶心的工业城镇，遍地是男人，到处都是待娶的年轻人。但是他们不是蓝领工人就是制陶的手艺人，都是雇工者。洛克里姐妹在父亲去世之后，各自手上都拥有一万英镑的遗产：价值等量的珍贵房产。这是不容小觑的：她们自己就认为如此，并且拒绝让这一大笔家产落在哪个穷困的无产者手中。因此，银行职员、教堂牧师甚至是学校老师都无法越雷池半步，玛蒂尔德更是开始考虑放弃任何离开制陶作坊的念头。

玛蒂尔德身材高挑苗条，谈吐优雅得体，鼻子大大的。如果艾米是玛莎的话，那么玛蒂尔德就是马大的姐姐玛丽亚[1]：玛蒂尔德爱好画画和音乐，她读过大量的小说，而艾米则专顾家务。艾米显得相对矮小，却显得比姐姐丰满，她没什么才能。她非常仰仗玛蒂尔德，因为后者有着天然的优雅和理智。

在宁静而忧愁的生活里，她们过得很惬意。她们的母亲已经逝世。父亲也患病在身。他是一个聪明的男人，受过良好的教育，但是却喜欢打扮成工人模样，好像他是他们中的一员。他对音乐充满了热爱，拉得一手漂亮的小提琴。但如今他老之将至，而且重病在身，因患有

1　语出《圣经·新约·路加福音》

肾病而在垂死的边缘挣扎。他专爱威士忌,且嗜酒如命。

这户安静的人家,雇有一个女佣人,长年累月地生活在制陶作坊里。朋友们进来了,姑娘们出去了,父亲饮酒无度,终至病重。屋外的大街上,苦工们带着他们的狗和孩子发出阵阵喧闹。但是在制陶坊的围墙内,却总是如荒野般沉寂。

作为女孩儿们的父亲的特德·洛克里,曾经有四个女儿,却没有儿子。随着女儿的成长,他时常感到生气的是自己总被满屋子的女人包围着。他离开了家去到伦敦,在福利院领养了一个男孩儿。此时艾米14岁了,而玛蒂尔德已经年满16岁,这时候父亲带着他宠爱的养子——名叫哈德利安的六岁男孩儿,回到家中。

哈德利安只是福利院里的一个普普通通的男孩子,长着一头普通的褐色头发和一双普通的蓝眼睛,说话声音也很普通,操着一口伦敦土话。洛克里家的女孩儿们——父亲回来的时候还有三个女儿待嫁在家——对他的突然出现表现出了厌恶之情。他以一个福利院儿童的充满戒备之心的本能观察着周遭,对她们的想法了如指掌。虽然他年仅六岁,但是哈德利安的内心很敏感,在打量着那几个年轻的女人时,时常报以嘲笑的神情。她们执意要让他称呼她们为"表姐":弗洛拉表姐,玛蒂尔德表姐,艾米表姐。他悉从尊便,但是语气中暗含着嘲弄之意。

然而,这些女孩儿们打心底里是善良的。弗洛拉结婚之后离家而去。尽管玛蒂尔德和艾米对哈德利安非常严厉,但他依然尽其所能地与她们相处。他在陶瓷作坊和洛克里家长大,上了小学,大家总是称他为哈德利安·洛克里。他对玛蒂尔德表姐和艾米表姐颇为冷淡,在她们面前表现得沉默拘谨。姑娘们都叫他淘气鬼,但这个称呼并不公正。他只是谨小慎微，不甚直率而已。他的叔叔特德·洛克里与他惺惺相惜，因为他们本性相近。哈德利安和这个年迈的男人对待其他人虽然表现冷淡，实则有着一颗真诚的内心。

男孩儿十三岁的时候，被送到镇上的中学。他不喜欢上学。他的表姐玛蒂尔德却非常希望将他培养成一位绅士，但是他拒绝被人操纵。当他被迫灌输高雅的时候，他会不屑一顾地撇起嘴巴假装羞涩，像福利院的孩子一样龇牙咧嘴。他经常逃学，而且将自己的课本、帽子徽章，甚至是围巾和手帕，都卖给了同学，但是天晓得他因此得来的钱又在哪里花光了。他就这样在学校里瞎混了两年时间。

十五岁的时候他宣布离开英格兰到殖民地去。但他跟家里还保持着紧密的联系。洛克里家的人都清楚，一旦哈德利安用他那默无声息的半含讥讽的方式做出一个决定时，反对他不仅于事无补，而且适得其反。因此最终这个男孩儿还是离开了，在他所归属的基金会的保护下来到了加拿大。他对洛克里家一声感谢也没有说，就匆匆与之告别了，一点伤心的感觉都没有。玛蒂尔德和艾米想到他就要离开自己而痛哭流涕，就连她们的父亲都露出了从未有过的神情。哈德利安倒是经常从加拿大写信回来。他进了蒙特利尔附近的电力工厂工作，而且做得有声有色。

然而，后来战争爆发了。哈德利安回到欧洲，参加了军队。但洛克里家一次都没有见到过他。他们还是一如既往地住在陶瓷作坊里。特德·洛克里后来患上了一种水肿病，就在弥留之际，他想再见那个男孩儿一眼。就在停火协议签订之时，哈德利安告假远行，他写到将回一趟陶瓷作坊的家中。

这时候，洛克里家的姑娘们开始有些焦躁不安了。说实话，她们对哈德利安还是心有余悸的。高挑苗条的玛蒂尔德，身体已经变得虚弱，她们因为要照顾父亲都变得形容枯槁了。哈德利安时年已经二十一岁，五年前他冷漠地离她们而去，而如今要共处一室，多少有些难以适应。

她们乱做了一团。艾米好不容易才说服了父亲将他的床移到楼下的起居室，把他原来的房间让出来给哈德利安。一切都准备完毕，剩下的就是迎接哈德利安的到来。然而出乎意料的是，才早晨十点，那个年轻人就突然出现在了大家面前。那时候艾米表姐正忙着擦拭楼梯地毯的压棍，额头上的刘海乱糟糟地上下乱晃。而玛蒂尔德表姐满手泡沫地正在厨房里清洗客厅的装饰物，她把衣袖高高地卷到瘦削的手臂上，头上顶着一块奇怪而滑稽的毛巾。

当那个年轻的小伙子背着他的背包，若无其事地走进来，把帽子搁在缝纫机上的时候，玛蒂尔德表姐的脸上窘得满脸通红。他个子不高却充满着自信，身上那股诡异的利索劲儿还能显示出他出身于福利院。他古铜色的脸上蓄着两撇小胡须，虽然身材矮小，精力却很旺盛。

"哎哟，这不是哈德利安嘛！"玛蒂尔德表姐失声叫了出来，说着把手上的泡沫甩干。"我们还以为你要明天才到呢。"

"我周一夜里就动身了。"哈德利安说着眼睛环视了一下房子四周。

"真是太好了！"玛蒂尔德表姐说道。随后，她揩干了双手，向他走去，摊开手招呼道："你怎么样了？"

"我挺好的，谢谢关心。"哈德利安说。

哈德利安瞥了她一眼。她看起来不在状态：太瘦，鼻子太大，头上系着一条粉白相间的格子毛巾。她意识到了自己的不堪。但她经历过太多的悲伤和磨难，也不在乎再多这么一点。

女佣人走进来了——她与哈德利安不曾相识。

"来看看我的父亲。"玛蒂尔德表姐说。

他们来到大厅，吓得艾米表姐像一只躲在丛林下的山鹑。她正在楼梯上把擦得光亮的压毯推回原处。她的手下意识地拨弄着额头前的刘海发结。

"这怎么回事！"她怒气冲冲地叫道，"你怎么今天回来了？"

"我提早了一天出发。"哈德利安说话的声音略显低沉，充满了男性气概，猝不及防地给了艾米表姐一记拳头。

"你看，你这时候来让我们不知所措。"她的语气中含着愠怒之意。说完他们三人一齐走进了中间的房子。

洛克里先生已经穿戴整齐——实际上也就穿上了裤子和袜子——但仍在床上歇着，躺在窗子的下边，透过这个窗户，他能看到自己心爱的美丽花园，那里的郁金香和苹果花正竞相开放。他看起来不像想象中病得那么重，只是因为水肿被胀得很大。况且他的脸色也一直很好，胃口也很大。他迅速环视了一下周围，眼睛在动头却没动。他的身上还残留着男人帅气健硕的姿态。

见到哈德利安，一丝不甚情愿的诡异笑容掠过他的脸庞。那个小伙子局促不安地跟他打了招呼。

"你不可能终身都是警卫。"他说，"你想吃点什么东西吗？"

哈德利安看了看四周——似乎在找食物。

"我觉得无所谓。"他说。

"你想吃什么——鸡蛋还是熏肉？"艾米随便问了一句。

"都可以，随便。"哈德利安说道。

姐妹们走下了厨房，派女佣人把楼梯的活儿干完。

"觉得他有什么变化吗？"玛蒂尔德轻声[1]问道。

她们互相扮了个鬼脸，然后颇为不安地笑了起来。

"拿煎锅来。"艾米对玛蒂尔德说道。

"但他还是那么的骄狂。"玛蒂尔德说。递来煎锅的时候，她眯缝起眼睛，若有其事地摇了摇头。

"小男人一个！"艾米讽刺道。她显然对哈德利安那乳臭未干、狂妄自大的男人气不抱好感。

"噢，他算是不错了。"玛蒂尔德说，"你不要对他抱有偏见。"

"我并不是针对他，我觉得他在外形上还过得去。"艾米说，"但是他看起来就是那种小家子气的男人。"

"想不到我们这副样子被他撞见了。"玛蒂尔德说道。

"他们不会把这些事情放心上的。"艾米轻蔑地说道。"你赶紧起来穿上衣服吧，我们的玛蒂尔德。我根本不在乎他。我只关心自己的事儿，你去跟他说说话吧。我不感兴趣。"

"他想谈话的对象是父亲。"玛蒂尔德的话中有话。

"这小子！"艾米大声尖叫，露出一脸的坏笑。

姐妹俩一致认为哈德利安此番回来，是为了从父亲那里得到些什么——他是冲父亲的遗产来的。而且她们一直不敢确定他究竟能不能如心所愿。

玛蒂尔德上楼去换衣服了。她费尽心思想着该如何接近哈德利安，给他留下好的印象。然而，她把毛巾系在头上，瘦削的手臂浸于泡沫中，这都已经尽收于他的眼底。她对这些都毫不在乎。现在，她把自

1　原文是 sotto voce，意为一种低沉的音调。

已打扮得非常精致，细致地盘起那又长又美的古铜色头发，在脸颊上涂抹了一点胭脂，将一长串华丽的水晶项链挂在飘逸的绿裙前。一时间她变得魅力四射，像杂志插图中的美人，但也跟她们一样显得不大真实。

她发现父亲和哈德利安聊得正酣。这个小伙子虽然一向不善言辞，但与他的"叔叔"一起时，嘴巴就开始利索起来。他们在啜饮着一杯白兰地，抽着烟，像老朋友一样相谈甚欢。哈德利安这时候说起了加拿大的情况，他离开军队之后还曾经回到那里。

"这么说，你应该不会逗留在英格兰吧？"洛克里先生说。

"是的，我不打算留在这里。"哈德利安说道。

"这是为什么呢？这里也有很多电工。"洛克里先生说。

"确实如此，但是对于我来说，这里的工人与雇主之间的鸿沟太大了。"哈德利安说。

那个抱羞在身的男人仔细端详着他，眼里露出古怪的笑容。

"是这样吗？"他问。

玛蒂尔德听闻之后心中了然："如此说来，这就是你盘算的大棋局，是吧，小男人。"她喃喃自语道。她时常对哈德利安抱有成见，认为他对任何事任何人都不大正经，因而显得滑头和庸常。她下了楼来到厨房，跟艾米窃窃私语聊了起来。

"他还真以为自己是个什么人物！"她悄悄地说道。

"确实，他是个人物！"艾米不无鄙视地说。

"他觉得在这里雇主与工人之间分歧很大。"玛蒂尔德说。

"在加拿大难道不是这样吗？"艾米问。

"噢，也许是——那里比较民主。"玛蒂尔德回答道，"他认为他们那儿人人平等。"

"嘿，他现在怎么跑到这里来了呢？"艾米嘲讽道，"他为什么不待在加拿大。"

在她们谈话间，那个年轻的小伙子走下花园闲逛，悠然自得地赏起花来。他把手插在口袋中，他的士兵帽子整齐地扣在头上。他看起来很自在，一副镇定自若的样子。而那两个女人透过窗户，一脸慌张地看着他。

"大家都知道他这次来的目的。"艾米怒气冲冲地说。玛蒂尔德一直注视着那个身穿卡其色军服的简约的男人。在他身上还能看到从福利院来时的影子。但如今已长大成人，气质简约干脆，拥有一种朴实的力量。她想起了他在父亲面前反对有产阶级时的那副嘲弄激情劲儿。

"你不知道，艾米。也许他并不是为着你说的那个目的而来的。"她反驳了妹妹艾米的说法。她们脑袋里想的其实是钱。

她们还一直盯着那个年轻士兵。他走到花园尽头站住了，背对着她们，手插在口袋里。看着柳树成荫的池塘出神。玛蒂尔德深蓝色的双眸现出了奇怪的专注神情。她的眼睑低垂着，模糊的青筋若隐若现。她略微仰起头来，痛苦的神情溢于言表。那个年轻人在花园的尽头转过身来，看着眼前的小径。他可能已经看到了窗户边的她们。玛蒂尔德于是避进了暗处。

那天下午，父亲看起来很虚弱，整个人病快快的。他动不动就会疲惫不堪。医生诊断了之后告诉玛蒂尔德，他已经病危，随时可能会死——但不是现在。她们应该去准备后事了。

然而这天过去了，又过了一天。哈德利安依然待在家里。他经常早晨出来四处走动，身上穿着棕色的针织衫和卡其色裤子，衣服没有领子，脖子裸露在外。他好像怀揣着不为人知的目的，走去探访那些陶瓷作坊，当洛克里先生有气力的时候，他就会跟他交谈。当她们姐妹俩看到他和父亲总是坐在一起，像亲密无间的朋友般交谈时，心中的怒火油然而生。其实，他们谈论的主要还是一些政治问题。

在哈德利安来到之后的第二天傍晚，玛蒂尔德与父亲坐在一块儿，她正在临摹着一幅图画。一切照旧，哈德利安出去了，没有人知道他去了什么地方，而艾米在忙着什么事。洛克里先生斜躺在床上，一声不吭地望着夕阳下的花园。

"玛蒂尔德，如果我出了什么事，"他说，"你不要卖掉这座房子——你要留在这里。"

她看着父亲，眼神中透出淡淡的忧伤。

"好的，我们不会动这个房子的。"她说。

"你不知道应该怎么做。"他说，"我所有的东西都平均分给你和艾米。你可以随意处置——只是不要把这个房子卖掉，不要离开它。"

"不会的。"她说道。

"还有，把我的手表和项链留给哈德利安，还有存在银行的一百英镑——如果他有困难就帮帮他。我没有在遗嘱里提到他的名字。"

"你的手表和项链——好的。但是他回加拿大的时候，您还在这儿呢，爸爸。"

"你不知道接下来会发生什么事情。"她的父亲说。

玛蒂尔德坐下来看着他，眼里充满了忧伤，心中一片恍惚。她知道他将不久于人世——她的眼睛似乎可以预知未来。

玛蒂尔德随后跟艾米说起父亲决定将手表、项链和钱留给哈德利安的事情。

"他有什么权力——我是说哈德利安——得到父亲的手表和项链——这些跟他有什么关系吗？就把钱给他，让他滚蛋。"艾米说。她对父亲充满了挚爱。

夜深了，玛蒂尔德在房间中久久不能入眠。她的内心焦虑万分，伤心欲绝，意志也变得恍惚起来，甚至开始以泪洗面，在她脑海里浮现的都是父亲的身影，除了父亲还是父亲。以至于到了最后她想着必须去陪在他的身边。

已经是午夜时分。她经过走廊来到父亲的房间。月亮从外头透射进来一丝微光。她在门外聆听着，随后轻轻打开门走了进去。房间里一团漆黑。她听到了床上的动静。

"您睡了吗？"她轻声问道。接着蹑手蹑脚地走向父亲床边。

"您睡着了吗？"她又轻轻地问了一句。这时候她已经站在了床的边沿。她在黑暗中探出手来伸向父亲的前额，小心翼翼地碰到了他的鼻子和眉毛，随后将那只纤细优雅的手放在他的额头。但是她感觉到的却是一种鲜嫩和光滑——非常鲜嫩，非常光滑。这让她大吃一惊，顿时感到恍惚起来。但这还没有让她一下子意识到。她温柔地俯下身来靠在床边，用手指拨弄了一下他额前的头发。

"您今晚睡得着吗？"她说道。

床上一阵快速的翻动。"可以，睡得着。"一个声音回答道。那是哈德利安的声音。她吓了一大跳。一时间，她从深夜的恍惚中清醒了过来。她这时候记起父亲应该是在楼下，而哈德利安则换到了父亲原来的房间。她站在黑夜中，一下怔住了。

"原来是你啊，哈德利安？"她说。"我还以为是我父亲呢。"她受到了极大的惊吓，浑身哆嗦，不能动弹。那个年轻人报以一个尴尬的笑容，然后转过身去。

最后她退出了房间，当她回到自己的房里，打开灯，关上门之后，呆呆地看着那只触摸过他的手，像是受了什么伤害似的。她受惊过度，几乎不能自持。

"没事儿。"她故作镇定，心里却异常疲惫。"这只是一个误会，没有必要太放在心上。"

但她无法轻易地用理性说服内心的感受。她难受得很，感到自己无所适从。她那只曾经温柔地搁在哈德利安的额头和嫩滑的皮肤上的右手，如今感到一阵灼痛，仿佛真的受到了伤害一般。她无法忘怀自己对哈德利安犯下的错误：这让她更加厌恶他了。

哈德利安同样无法安睡。房门打开着，他醒在那里，还没有意识到这个问题意味着什么。但是当她那只温和柔软的手在他的脸上抚摸着的时候，触动了他内心深处的某些东西。他是一个从福利院出来的孩子，内心冷漠，难以寻觅到心灵的港湾。而她那纤细温柔的抚摸，惊醒了他心底不为人知的感受。

第二天早晨当她走下楼的时候，感受到了他意味深沉的目光。但是她抑制住自己，装作好像什么事都没有发生，事实上她做到了。她像一个历经磨难的人，自我控制能力强，遇事沉着冷静。当她那双原本暗淡无光的蓝色眼睛跟他对视时，立即碰撞出了感情的火花，然而她又马上把它扑灭了。可她还是用那只修长漂亮的手为他的咖啡加糖。

但是她毕竟无法像控制自己一样地控制他。此情此景令他无法忘却，一种莫名的情愫袭上心头。新的情愫冲击着他。在他默默无言的背后，能够始终保持警戒，守住内心秘密。她陷入了他的掌控之中，因为他是毫无节制的，彼此之间有着迥异的人生准则。

他用奇怪的眼神看着她。她长得并不漂亮，鼻子过大，下巴太小，而脖子又太瘦。但她的皮肤细腻而光滑，思维敏捷，举止优雅。她与父亲一样，都有着古怪、勇敢和优雅的品质。那个出身福利院的男孩，能够通过她那纤细、白皙、带着戒指的手指，感受到这一点。他同样在这个女人身上体味到了与那位老人相同的迷人气质。他希望自己能拥有并且掌握它。当他在老陶瓷作坊中独自徜徉的时候，冒出了一个秘密计划，并且开始着手实行。为真正体悟她的手指触碰到他脸上时的那种不寻常的纤细感，——这是他为自己设定的目标。他开始秘密地筹划。

他开始注视到处走动的玛蒂尔德，而她也开始关注他，感觉好像有个影子跟在自己身后。但是她的傲慢让她对此并不在意。当他的手插在口袋，在她面前晃荡的时候，她还是一如既往地用平常的善意对待他，而这比任何的鄙夷更能攫住他的心灵。她身上优雅的教养令他折服。她迫使自己仍然像以前一样看待他：他是一个年轻小伙子，与她们共处一处，但却是一个外来者。只要这样，她才不敢再回想起他的脸庞在自己手掌之下时的情景。而如果她回忆起那一幕，就会迷惑不已。她的手似乎冒犯了她，她想把它剁下来。她强烈地想要斩断她跟他之间的记忆。她觉得自己已经做到了。

一天，当他做下来跟"叔叔"谈话的时候，他一直盯着病人的眼睛说道：

"我可不想在这里终老。"

"不会的，好吧，你不必要这样。"那个病人说。

"你觉得玛蒂尔德表姐喜欢这里吗？"

"我认为她应该喜欢。"

"我是觉得不能如此度过一生。"年轻人说，"她年纪比我大多少？叔叔。"

病人看着眼前这个年轻的小伙子。

"大很多。"他说。

"她超过三十岁了？"哈德利安问。

"是的，但超过得不多，她三十二岁。"

哈德利安沉思了一会儿：

"她看起来没有这个岁数儿。"他说。

病怏怏的父亲又一次注视着他。

"您觉得她会离开这里吗？"哈德利安问道。

"说不准，我不知道。"父亲不耐烦地回答。

哈德利安呆呆地坐在那儿，若有所思的样子。发出细微低沉的语调，好像是从心底爬上来的声音：

"如果你同意的话，我想娶她做我的妻子。"

病人突然抬起眼睛来，直盯着他看了很长时间。年轻人神秘兮兮地望出窗外。

"就你！"那个病重的男人带着几分鄙夷地嘲弄他。哈德利安转过身来直视他的眼睛。这两个男人都已彼此心照不宣。

"如果你不反对的话。"哈德利安说。

"不。"父亲说着转过一边去，"我不会反对。我从来没有想过是这样。但——但艾米是我们家最年轻的。"

他满脸通红，顿时兴奋了起来。他其实暗地里喜欢这个年轻人。

"您能不能去问问她。"哈德利安说。

那个老人沉吟片刻。

"你不应该自己去问她吗？"他说。

"她更在意你说的话。"哈德利安说道。

他们一起陷入了沉默。这时候艾米走了进来。

连续两天洛克里先生都显得很兴奋，而且经常是一副若有所思的样子。哈德利安则是悄悄地、偷偷地、不闻不问地来回走动着。最后父亲和女儿凑到了一块儿。那是一个早晨，父亲感到了巨大的疼痛。当病痛缓和些了之后，他躺在床上思索问题。

"玛蒂尔德！"他突然叫了一声，眼睛看着他的女儿。

"嗯，我在这里。"她说。

"哎！我想让你去做点事——"

她满怀期待地站起来。

"不用，你坐下。我是想让你嫁给哈德利安。"

她觉得他是不是疯了，于是站了起来，心里充满了疑惧。

"不，你坐下来，你坐着。听听我的意思。"

"您知不知道自己在说些什么，父亲。"

"哎，我清楚得很。我想要你嫁给哈德利安，这是我的意思。"

她一下愣住了。他不是一个说话随意的男人。

"你应当照我说的去做。"他说。

她细细端详着他。

"是什么让您产生这个念头的？"她傲慢地问道。

"是他。"

玛蒂尔德逼人的眼神让父亲低下头来，她感到自尊心受到了挫伤。

"为什么要这样，这是丢人的事情。"她说。

"怎么说？"

她注视着他。

"你为什么要让我这么做？"她说，"这不是件光彩的事情。"

"那个小伙子确实很不错。"他显得很不耐烦。

"你最好告诉他不要再有这个念头。"她冷峻地说道。

他转过脸去望着窗外。她涨红了脸，直挺挺地坐了很长时间。随后她父亲转向她，一副凶神恶煞的模样。

"如果你不答应，"他说，"你就是个笨蛋，我会让你为自己的愚蠢负责的，你想试试看吗？"

突然间一阵恐惧的寒意攫住了她。她感到难以置信。她显得很恐惧很困惑。她目不转睛地盯着父亲，知道他的精神已经紊乱，或是发疯了，又可能是喝醉了。她能做些什么呢？

"我告诉你。"他说，"如果你不答应的话，我明天就把维特尔叫来，我的遗产你们一点儿也别想分到。"

维特尔是他的律师。她很清楚父亲的作风：他会把维特尔叫来，立下遗嘱把他所有的遗产都给哈德利安，无论是她还是艾米都会什么都得不到。这真是太过分了。她站起来夺门而出，来到自己的房里，把自己关在房门之内。

她一直待了好几个小时没有出来。最后，到了深夜，她终于被艾米说服了。

"那个狡猾的魔头，他要的是钱。"艾米说，"父亲已经神志不清了。"

哈德利安图的是她们的钱，这个说法又给了她一次沉重的打击。她固然不会去爱那个不可救药的年轻人——但是她并没有想到他其实是个恶魔。她因此对他产生了厌恶之情。

第二天，艾米跟她父亲吵了一架：

"您昨天跟玛蒂尔德说的话是真的吗？父亲。"她怒气冲冲地问道。

"是的。"他回答。

"什么？您想要改遗嘱？"

"说得没错。"

"您不能这么做。"他的女儿已经出奇地愤怒。

但是他却还对她报以一丝恶意的微笑。

"安妮！"他叫道，"安妮！"

他仍旧有气力喊出声音。那个女佣人从厨房里走了过来。

"放下你手上的活儿，然后到维特尔的办公室传个信，就说我想要见到他，越快越好，并且让他来的时候把遗嘱的表格捎上。"

那个病重的男人说完稍微向后靠了一下——他无法躺下。他的女儿呆坐一旁，好像被什么击中了一般。随后她离开了房间。

哈德利安正在花园中闲晃。她直接走到他的面前。

"听我说，"她说，"你最好离开这里，拿好你的东西赶紧离开。"

哈德利安漫不经心地看着眼前这个怒火中烧的女孩儿。

"谁说的？"他问。

"我们都认为如此——你必须离开，你已经给我们带来了很多罪恶和伤害。"

"叔叔有这么说吗？"

"是的，他也这样说。"

"我现在去问问他。"

但是艾米歇斯底里地将他拦下。

"不，你不要去，你没有必要去问他任何事情。我们不欢迎你，你可以走了。"

"这里叔叔说了算。"

"他已经是一个垂死的人了，你还要在他身边奉承他，算计他和他的钱！你不配在这里生活下去。"

"噢！"他说，"谁说我是冲着他的钱去的？"

"我说的，而我父亲也已经和玛蒂尔德说了，她也知道你是个什么样的人。她很清楚你想要谋求的是什么。所以你最好解释清楚，你究竟想要的是什么——你这个可恶的穷小子！"

他朝她背转身去，若有所思。他突然意识到自己被误会企图追逐她们的家财。他的确很想要钱——非常想。他很希望自己能够成为一个雇主，而不是被雇佣的工人。但是通过内心的那副精细的算盘，他其实很清楚自己并不是为了钱而要娶玛蒂尔德为妻子。他想同时占有钱财和玛蒂尔德。但是他始终认为这两者是有区别的，不能混为一谈。而如果没有钱，他就无法征服玛蒂尔德。但是他又不能为了钱而选择她。

当他清楚了这一点之后，开始隐藏起来仔细观察，伺机跟她澄清此事。但是她躲着他。到了晚上，律师来了。洛克里先生仿佛又恢复了气力——他的遗嘱完成了起草，在原来的基础上增加了新的条款，也就是如果玛蒂尔德同意嫁给哈德利安，那么原来遗嘱的内容方能生效。而一旦她拒绝出嫁，那么六个月之后，全部的财产都归哈德利安所有。

洛克里先生把这个事情告诉年轻人时，心里充满了恶意的满足。他看起来似乎在满足自己的一个不理智的奇怪欲望，想要报复的是那些长年累月包围在他身边尽心伺候他的女人。

"请在我的面前跟她们宣布吧。"哈德利安说。

于是洛克里把自己的女儿召集了过来。

她们都到了，但个个面色苍白，一脸缄默，倔强之情溢于言表。玛蒂尔德看上去显得异常疲惫，艾米此刻则更像一个准备战死沙场的斗士。那个病笃的男人斜躺在床上，双眼炯炯有神，战抖的手掌还在颐指气使。但是他的脸上再次显现出了它那老而弥鲜的帅气。哈德利安在一旁静静地坐着：那是一个永不服输的充满危险的福利院孩子。

"这是我的遗嘱。"父亲指着眼前的那份文件对她们说道。

那两个女人一言不发地呆坐在那里，谁也没有去看那份文件。

"要么你嫁给哈德利安，要么他将接收这里所有的一切。"父亲一脸满足地说道。

"那就把所有的东西都给他吧。"玛蒂尔德冷冷地说。

"他不能！他不能！"艾米使劲儿地叫喊道，"他没资格得到这么多！这个卑鄙的穷家伙！"

父亲的脸上泛起了一丝蔑笑。

"你听到了吧，哈德利安。"他说。

"我想娶玛蒂尔德并不是为了钱。"哈德利安的脸唰的一下红了，坐在椅子上扭捏起来。

玛蒂尔德用她那双深蓝色的迷人的眼睛仔细端详着他，他在她的眼里似乎成了一个古怪的小兽。

"为什么，你是个骗子，你清楚自己的所作所为。"艾米哭诉道。

那个生病的男人大笑起来。玛蒂尔德还是不停地用异样的眼光注视着那个年轻人。

"她知道我并非如此。"哈德利安说。

最后，他提起了勇气，就像陷入绝境的老鼠获得了不可战胜的勇气一样。哈德利安如同一只生活在地底下的老鼠一般的简单干脆、保守矜持，但是却有着坚持到底的勇气和勇往直前的信心。

艾米看着她的姐姐。

"噢，好吧。"她说，"玛蒂尔德——就这样吧。让他带走所有的一切，我们大不了自己照顾自己。"

"我知道他会把一切都带走。"玛蒂尔德迷糊不清地说道。

哈德利安这时候不做任何的回答。他知道事实上如果玛蒂尔德拒绝了他，他就会席卷所有的一切离开。

"一个精明的小混蛋！"艾米面带讥讽地说道。

父亲一言不发地冲着他笑，但是他感到疲倦了……

"那个，你们继续。"他说，"继续说下去，让我一个人乐得清静。"

艾米转过头来看着他。

"你这是自作自受。"她粗鲁地对父亲说道。

"接着说。"他摆出不紧不慢的姿态，"继续往下说。"

又一个夜晚过去了——一位夜间的护工坐着陪护洛克里先生。新的一天到来了。哈德利安如往常一样去到那里，身着一件针织毛线衣和一条粗糙的卡其布裤子，裸露着脖颈。玛蒂尔德也走了过来，形容枯槁，彼此之间有了一层厚障壁。艾米一头金发，却皱着眉头。他们都安静如斯，因为他们不想让那个毫不相干的女佣人知道这一切。

洛克里先生忍受着剧烈的疼痛，他甚至呼吸都变得困难起来。看起来似乎大限将至。他们都变得安静而克制，但却毫无妥协之意。哈德利安心里思忖着，如果他不能迎娶玛蒂尔德，那么将独自带着两万英镑回到加拿大，这将是一笔可观的财富。而如果玛蒂尔德同意嫁给他，那么他将一无所有——她将拥有原本属于她的钱财。

艾米首先采取了行动。她外出找到那个律师，并把他带回家中。律师维特尔找到哈德利安并与他进行对谈，想要吓唬那个年轻人做出让步——可这都是徒劳。随后，那个银行职员和亲戚朋友都被召集了起来——但哈德利安只是瞅着他们，根本不放在眼里。然而，这样做却激怒了他。

他想要跟玛蒂尔德单独谈谈。许多天过去了，他没有成功：她躲着他。最后，一直在暗中潜伏的他，终于有一天惊奇地发现她走去采摘醋栗，而他堵住了她的退路，开门见山地对她说：

"这么说，你不想要我？"他用他那近乎谄媚的声音低语道。

"我不想跟你说话。"她说着把脸转了过去。

"那么，请把你的手放在我身上。"他说，"你本来不该那么做，但如今已经令人无法忘怀。你先前就不该触摸我。"

"如果你懂得宽容，那么应该知道那其实是一个误会，并且将它遗忘。"她说道。

"我清楚那是个误会——但是我还是无法忘却。如果你唤醒了一个男人，那么他就不会再沉沉睡去，因为他已经被施了咒语。"

"如果你还有些许的宽容之心，你就应该离开这里。"她说。

"我不想离开。"他说。

她的眼睛投向了远方。最后说道：

"什么原因让你对我如此痴迷，如果这一切都与钱无关的话。我年纪这么大，都能当你妈了。或者干脆说我就是你妈了。"

"这无关紧要。"他说，"你给我的感觉不像母亲。我们结婚吧，然后离开这里去加拿大——你也一起去——因为你触摸了我。"

她脸色苍白，浑身战抖。一下被气得满脸通红。

"这太无礼了。"她说。

"怎么样？"他驳斥道。"你触摸了我。"

但她还是从他身边走开了。她感到他把自己困住了。他一脸怒气，颇感失落，再一次产生了被人遗弃的感觉。

这天晚上，她走进了父亲的房中。

"没错。"她突然宣布，"我将要嫁给他。"

父亲抬起头来看着她。他被痛苦包围，已经奄奄一息了。

"你现在喜欢上他了，是吗？"他说着，露出了虚弱的笑容。

她注视着他的脸，意识到他已经离死亡不远了。她转过身去，径直离开了房间。

律师又被请了过来，忙碌地做着准备工作。在这个过程中，玛蒂尔德没有跟哈德利安说过话，即便他跟她搭话，她也没有理睬他。第二天早晨，他去跟她套近乎：

"这么说，你已经想通了？"从他眨巴眨巴的善意眼神中，对她流露出了欢快的神情。她低头看了他一眼，随后转到一边去。无论是身体层面还是精神层面，她都对他不无鄙夷，但是他始终坚持不懈，最终也取得了胜利。

艾米为了此事又哭又闹，家里的秘密也不胫而走。而玛蒂尔德却无动于衷，沉默寡言。哈德利安则是一脸平静，心满意足，当然也免不了心怀疑惧，但他始终不懈地对抗着内心的恐惧。洛克里先生依然维持着病危的状态。

到了第三天，婚礼开始了。玛蒂尔德和哈德利安从家里径直开车前往婚姻登记处，随后又直接来到弥留的父亲的房里。父亲容光焕发，眼里闪烁着清晰的微笑。

"哈德利安，你终于得到她了？"他张开嘶哑的喉咙说道。

"是的。"哈德利安回答的时候，嘴巴周围一下苍白起来。

"哎，小伙子，很高兴你终于成了我的家人。"那个垂死的人说道。随后他的眼睛移到玛蒂尔德的身上。

"让我们看看你，玛蒂尔德。"他说。接着用陌生的难以辨认的声音说道："亲我一下。"

她俯下身来亲吻了他。从她还是个孩子开始，就从来没有亲过他。但她显得非常平静。

"亲亲他。"垂死的人说。

玛蒂尔德十分顺从地用嘴亲吻了年轻的丈夫。

"这就对了！这就对了！"垂死的人嘟哝着。

普鲁士军官

一

他们从黎明开始已经行军三十多公里，沿着苍白而灼热的公路，偶尔经过树丛投下的斑驳阴影，随后又暴露在耀眼的阳光下。道路两旁的溪谷，又宽又浅，在烈日下闪烁；一块块墨绿的黑麦田、浅色的嫩玉米地、休耕地、牧场和黑松林，在炫目的天空下扩展成一幅单调而又炙热的图画。但就在正前方，群山横亘绵延，淡蓝而寂静，白雪在蒙蒙的大气中闪着柔光。朝着群山的方向，永不止息地、一个团的士兵在黑麦田和牧草地之间、在整整齐齐栽种于道路两旁的光秃秃的果树之间行进。锃亮的墨绿的黑麦散发出一种令人窒息的热气，群山愈来愈近、渐渐清晰。士兵们的脚越来越热，汗水沿着头盔下的头发渗出来，背包与肩膀的摩擦不再感觉灼烫，反而有种冰冷的针刺的痛感。

他沉默不语地不停往前走，盯着眼前的群山；群山拔地而起，重叠起伏，一半在地上，一半在空中，天空，一道道柔软的白雪组成的屏障，在苍白、浅蓝的山巅。

他现在行走时已经几乎感受不到疼痛了。出发时，他就决心走路不再一瘸一拐。可是刚走了几步，他就疼得够呛，走到一英里左右时，他已控制住呼吸，额头上却冒出滴滴冷汗。但走着走着汗水就干了。

那只不过是几处瘀伤而已！起床的时候，他已经看过：大腿后侧有几块很深的伤痕。自从早上迈出了第一步，他就意识到伤口的存在，直到现在他的胸口仍然紧张炙热，同时还得忍受着疼痛，克制住自己。为此他感到窒息。可他走得几乎很轻松。

黎明时上尉端着咖啡的手在颤抖：他的勤务兵又看到了这一幕。他还看见上尉魁梧的身影在前面农舍旁的马背上晃动，体态英俊，身着镶有猩红色绶带的浅蓝制服，黑色头盔与剑鞘上的金属闪闪发亮，黑色的汗水从光滑的栗色马背上流下来。勤务兵觉得自己和那个马背上如此猛然晃动着的身影连在一起：他像影子一样跟随着它，缄默无声、无法摆脱、饱受折磨。而且军官总是能够意识到身后的队伍的步伐，意识到士兵中间他的勤务兵的行进。

上尉是个高个子，四十岁左右，两鬓灰白。他体型俊美而结实，是西部最出色的骑手之一。他的勤务兵，因为要给他擦身，对他那令人惊叹的腰腹肌肉羡慕不已。

至于其他，勤务兵对军官就像对自己一样几乎从不留意。他难得看见他上司的脸：他根本不看它。上尉有一头红棕色的硬发，剪得很短。他的胡子也修得很短，密密麻麻地竖在丰满而冷酷的嘴上。他的面孔相当粗糙，双颊瘦削。这个男子显得更加英俊的原因或许是脸上深深的皱纹，眉宇间急躁紧张的神情，给人一种与生活抗争的男子汉的风采。漂亮而浓密的睫毛下面，一双浅蓝色的眼睛总是闪着寒光。

他是一个普鲁士贵族，高傲自大、盛气凌人。而他的母亲则是一位波兰女伯爵。他年轻时欠下太多赌债，断送了自己在军队里的前程，所以始终只是一个步兵上尉。他从未结过婚：他的职务不允许，况且也没有哪个女人让他心动得要结婚。他把时间都花在骑马——偶尔他会骑着自己的马参加赛马和泡在军官俱乐部里。他时不时会给自己找个情人。但事后，回到岗位时他眉头拧得更紧，双眼更加怀有敌意、急躁易怒。然而，对于士兵们来说，他只是公事公办而已，尽管发脾气时像个魔鬼；所以，总体上讲，他们畏惧他，但对他并没有多大的憎恨反感。他们把受他管辖看作是命中注定的。

对他的勤务兵而言，他起初只是冷漠、公正、漠不关心：他从来不会因为一些琐事而大惊小怪。因此，实际上他的仆从对他一无所知，除了他会下达什么命令以及他要大家如何执行。这非常简单。后来，事情逐渐起了变化。

勤务兵是个二十二岁的青年人，身高中等，体格健壮。他四肢粗壮，皮肤黝黑，新长的胡子柔软乌黑。他身上全然洋溢着热情温暖和青春活力。在他轮廓分明的眉毛下面，一双黑眼睛毫无表情，仿佛从不思考，只是直接通过感官接受生活，完全凭借本能行事。

渐渐地，军官开始察觉到了仆从的年轻活力、蓬勃朝气以及对他存在的漠视。每当仆从在场时，他无法摆脱那种青春洋溢的感觉。如同一团温暖的火焰在年长者紧张、僵硬、几乎毫无生命、呆板不变的身躯上灼烧。他身上如此无拘无束、独立自立的气质，加之年轻人举手投足间流露出的某种东西，让军官意识到他的存在。这令普鲁士人恼怒不已。他并不想通过他的仆从来感受到生命。他可以轻而易举地更换一个人，但他没有这么做。如今他很少正眼注视他的勤务兵，而是转过脸，仿佛为了避免看见他。可是当年轻士兵漫不经心地在房里走动时，年长者便望着他，并注意到他蓝色军服下强壮而年轻的肩膀的动作，脖子的曲线。这使他恼火。看到士兵年轻、棕色、匀称、锋利的农民的手抓住面包或葡萄酒瓶，年长者的血液中涌过一阵憎恨抑或一阵愤怒。这并非因为年轻人愚蠢笨拙：反而是因为这个无拘无束的年轻人的举动中盲目而天生的稳健把军官激怒到如此地步。

一次，有瓶葡萄酒被打翻了，红色的液体喷涌到桌布上，军官开始咒骂起来，他的双眼，像蓝色的火焰，朝年轻人不知所措的眼睛盯了好一会儿。这对年轻的士兵是一次震撼。他感受到某种东西越来越深、越来越深地渗透到他的灵魂，以前从未触及的地方。这让他茫然而纳闷。他自身某些天生的完整性从此失去，取而代之的是些许局促不安。从那时起，两个男人之间就产生了一种隐秘未知的情绪。

从此以后，勤务兵真的害怕与他的长官见面。他潜意识里记得那双钢铁般的蓝眼睛以及刺目的眉毛，而且不想再看见它们。所以他总是凝视长官的后方，还尽量躲开他。同时，带着几分焦虑，他等待着三个月快点过去，那时他的服役期就结束了。上尉在场时他开始感觉到局促，士兵甚至比军官更想要独处，待在他作为仆从的中立地位。

他已经为上尉服务了一年多，并且了解自己的职责。他做起事来得心应手，似乎这对他而言是自然而然的。他认为军官和他的命令都是理所当然的，就像太阳和雨水，而他也恪尽职守。这与他个人并无牵连。

可现在如果要被迫与他的长官直接单独打交道，他就会像一只被捕获的野兽，他觉得自己必须逃脱。

然而，年轻士兵的存在所产生的影响已经穿透上尉僵化刻板的戒律，并且使他心烦意乱。不管怎样，他毕竟是位绅士，双手修长，举止优雅，不想让诸如此类的事情扰乱他内在的自我。他是一个急躁易怒的人，总是克制着自己。偶尔也会有场决斗，也会在士兵们面前大发雷霆。他知道自己总是处于即将爆发的状态。但他努力恪尽职守，保持军人的姿态。相反，年轻士兵却似乎活在温和而完满的天性中，并通过他的每一个动作散发出来，其中包含着某种热情魅力，正如自由驰骋的野生动物一般。这使得上尉越来越恼怒。

不由自主地，上尉无法恢复他的中立态度来对待勤务兵。他也无法让这个人独自待着。不由自主地，他观察着他，向他下达严苛的命令，试图尽可能多地占用他的时间。有时他对年轻士兵勃然大怒，并且欺负威吓他。而勤务兵则把自己隔绝起来，充耳不闻，闷闷不乐地等候着，脸涨得通红，等待叫骂声结束。这些话从未突破他的理解力，出于保护，对长官的情绪无动于衷。

勤务兵的左手大拇指上有一道伤疤，深深的缝合疤痕穿过指关节。军官对此已经忍受了很久，想要做些什么。它总在那儿，丑陋而野蛮地留在那年轻的棕色的手上。终于上尉忍耐不住了。有一天，勤务兵正在铺桌布时，军官用铅笔抵住他的大拇指，问道：

"你那儿是怎么回事？"

年轻人畏缩了一下，随即退后立正。

"是伐木的斧头砍的，上尉先生，"他回答。

军官正等着他进一步的解释。没有下文。勤务兵继续做他分内的事情。年长者颇为愠怒。他的仆从躲避着他。第二天，上尉用尽他全部的意志力来避免看到那带伤疤的拇指。他想要一把抓住它而且——一团炽热的火焰在他的血液中翻滚。

他知道自己的仆从不久就会获得自由了，并且会很高兴。迄今为止，士兵始终对年长者敬而远之。上尉逐渐变得发疯似的恼怒。士兵不在的时候他无法休息，而士兵在的时候，他又用折磨人的目光怒视着他。他憎恨那端正乌黑的眉毛，毫无表情的深色眼睛，他被士兵英俊潇洒、无拘无束的肢体动作所激怒，没有任何军规能让他手脚挺直。上尉日益严厉苛刻、残酷欺凌，极尽侮辱蔑视与讽刺挖苦之能事。年轻的士兵变得更加沉默寡言、面无表情。

"你是吃什么长大的，不能正眼瞧人吗？我对你讲话的时候看着我的眼睛。"

于是士兵抬起黑眼睛望向上尉的脸，却视而不见：他用尽可能最轻微的目光凝视着，收敛住眼神，察觉到他长官眼中的蓝色，但根本不接触那些目光。年长者脸色发白，泛红的眉毛颤动着。他下达了命令，收效甚微。

有一次，他把一只沉重的军用手套砸在年轻士兵的脸上。随后他心满意足地看到那双黑眼睛突然朝自己射来的怒火，仿佛干草扔进火堆时燃烧的火焰。他发出略带战抖和嘲讽的笑声。

但是只剩两个月了。年轻人出于本能试图保持自己原本的心态：他尽力服侍军官，仿佛后者是一个抽象的权威而非一个活人。他所有的本能就是避免个人接触，甚至明确的憎恶。可是他的仇恨在不由自主地滋生，以此应对军官的狂怒。然而，他把它藏在内心深处。或许等到离开军队的时候，他才敢承认。他生性活泼，有许多朋友。他觉得他们都是多么令人惊喜的好兄弟。可是，他并没有意识到这一点，他变得形单影只。如今这种孤独感不断加剧。它将伴随着他直到服役期满。但军官看起来似乎暴躁愤怒得快发狂了，年轻人倍感恐惧。

士兵有个爱人，一个山区的姑娘，独立不羁而又简单纯朴。两个人一起散步，默默无言。他陪着她走，不是为了诉说衷肠，而是为了用胳膊搂着她，有身体上的接触。这使他放松下来，让他更容易忽略上尉；因为他可以把她紧紧搂在胸前获得安宁。而她，以某种无言的方式，一直守候在他身边。他们彼此相爱。

上尉发觉此事后，恼怒得发狂。他让年轻人每天都忙到很晚，并从他脸上阴郁的神色中获得乐趣。偶尔，两个人的目光相遇，年幼者眼神阴沉、黑暗、固执坚定，年长者则流露出焦躁不安的轻蔑和讥笑。

军官竭力不愿承认这种情绪已经控制了他。他并不知道自己对勤务兵的感情根本不是一个被他愚蠢、荒谬的仆人所激怒的人的感情。因此，他的意识中还是心安理得、一如既往，任凭事情发展下去。然而，他的神经，在遭受煎熬。终于，他用皮带抽了仆从的脸。当他看到年轻人惊恐地后退，双眼含着痛苦的泪水，嘴角淌着血时，他立即感受到一阵极度的快意和羞愧。

但这种事，他自己承认，以前从来没有做过。那家伙实在太令人气恼了。他自己的神经都快要崩溃了。他带着一个女人出去散了几天心。

这是对快乐的嘲弄。他根本不想要那个女人。可他还是逗留在那消磨时光。到假期结束时，他带着极度恼怒的痛苦、倍受折磨的煎熬以及悲惨的情绪回来了。他整个黄昏都在骑马，然后径直回来吃晚餐。他的勤务兵外出了。军官坐下，修长好看的双手平放在桌上，一动不动，他所有的血液仿佛都在凝固。

终于他的仆从进来了。他注视着那强壮、从容、年轻的身影，精致的眉毛，浓密的黑发。一个星期的时间，年轻人已恢复往日的神采。军官的双手在抽搐，似乎充满了疯狂的火焰。年轻人立正站着，纹丝不动，一声不吭。

晚餐在沉默中进行。但是勤务兵显得有些焦急。他把盘子弄得叮当直响。

"你有急事吗？"军官问道，看着仆从专注而柔和的脸庞。对方没有回答。

"你能回答我的问题吗？"上尉说。

"是，长官，"勤务兵回答，端着一厚叠军用盘子站在那里。上尉停顿了一下，看着他，然后继续问：

"你赶时间吗？"

"是，长官，"这句回答，让听者燃起一阵怒火。

"什么事？"

"我要出去一趟，长官。"

"今晚我需要你。"

片刻的迟疑。军官露出一种奇怪僵硬的表情。

"是，长官。"勤务兵回答，哽着喉咙。

"我明天晚上也需要你——实际上，你不妨认为你每天晚上的时间都已被占用，除非我准许你离开。"

留着小胡子的嘴紧闭着。

"是，长官。"勤务兵回答，嘴巴张了一下。

他重新转身向门口走去。

"还有，你耳朵上为什么要夹支铅笔？"

勤务兵犹豫了一下，然后继续往前走，没有作答。他把盘子放到门外堆成一堆，从耳朵上取下那截铅笔，把它放入自己的口袋。他刚才正把一段诗句抄写在自己心上人的生日卡片上。他重新返回收拾餐桌。军官的眼睛在跳跃，露出一丝热切的微笑。

"你为什么把铅笔夹在耳朵上？"他问道。

勤务兵双手捧满了碟子。他的长官正站在绿色的大火炉旁，脸上浮现一丝笑意，下巴向前伸着。年轻士兵看到他时，心里骤然发烫。他感觉迷茫。他头晕目眩地转身走向门口，而不是回答问题。当他蹲下身子放下盘子的时候，被人从后面踢了一脚，趔趄向前。盆盆罐罐一溜烟儿滚下了楼梯，他紧紧抓住楼梯扶手的栏杆。然后，正当他起身时，又被重重地踢了一下，接着又是一下，因此他只能无力地抱着栏杆待了好一会儿。他的长官快步走进房间，关上房门。楼下的女佣抬头看着楼梯并且对着满地狼藉的陶器扮了个鬼脸。

军官的心怦怦直跳。他给自己斟了一杯葡萄酒，洒了一点在地板上，随后靠在冰冷、绿色的火炉边，把剩下的酒一饮而尽。他听见仆从在楼梯上捡拾盘子。他脸色苍白，好像喝醉了一样，等待着。仆从又进来了。看到那年轻的家伙手足无措而又茫然地站着，带着痛苦，上尉的心咯噔一下，甚是喜悦。

"舒勒！"他说。

士兵稍显缓慢地立正。

"是，长官。"

年轻人站在他面前，小胡子显得可怜巴巴，漂亮的美貌在黑色大理石般的前额上非常醒目。

"我问过你一个问题。"

"是，长官。"

军官的语气有点尖酸刻薄。

"为什么刚才你把笔夹在耳朵上？"

仆从的心又一次发烫地跳，而且他无法呼吸。他用紧张的黑眼睛，注视着军官，仿佛着了迷似的。随后他像生了根一样坚毅地站着，毫无知觉。上尉的眼中流露出毁灭性的微笑，他抬起一只脚。

"我——我忘了——长官。"士兵气喘吁吁地说，他的黑眼睛盯着对方跳跃闪动着的蓝色眼睛。

"放在那里干什么？"

他看到年轻人的胸脯上下起伏，努力想要说话。

"我刚才在写字。"

"写什么？"

军官又一次对士兵上下打量起来，似乎听到了士兵的喘息声。军官的蓝眼睛里浮现出笑意。士兵清了清发干的喉咙，却说不出话来。忽然军官脸上的笑容像火焰一般闪耀，他往勤务兵的大腿上重重地踢了一脚。年轻人往旁边移了一步。他的脸色死气沉沉，乌黑的双眼瞪得很大。

"嗯？"军官说。

勤务兵的嘴巴发干，舌头在嘴里舔来舔去就像在摩擦干燥的牛皮纸。他清了一下嗓子。军官抬起他的脚。仆从全身僵硬。

"几句诗歌，长官。"他那破裂变调、难以辨认的声音传来。

"诗歌，什么诗歌？"上尉问道，带着一丝苦笑。

又是清嗓子的声音。上尉的心猛然沉了下去，然后他难受而疲惫地站着。

"给我女友的，长官。"他听到那干涩而走调的声音。

"噢！"上尉说，转过身去，"把桌子收拾干净。"

"咔！"从士兵的喉咙里发出响声；接着又是一声"咔！"，然后才是发音不太清晰的回答：

"是，长官。"

年轻的士兵离开了，样子苍老，步履沉重。

军官独自留下，僵硬地挺直着，抑制住自己的思考。他的直觉警告他绝不能思考。他的内心深处对自己的激情有一种强烈的满足感，这种感觉依然起着强大的作用。但是接下来却产生了相反的作用，他内心的某种东西正在发生可怕的崩溃，给他带来了绝望的痛苦。他一动不动地站了一个小时，思绪一片混乱，但硬是用意志的力量让意识保持空白，让思维没有活动的余地。他如此这般地控制着自己，直到最糟糕的压力过去，然后他开始喝酒，把自己喝得酩酊大醉，直到忘却一切沉沉睡去。当他第二天早晨醒来时，陷入对自己天性本质的震颤。可是他竭力避免意识到自己的所作所为。他阻止自己的理智接受这个事实，将它与自己的本能一起压抑下去，而他有意识的自我与这件事毫无关联。他唯有感受到一场酒醉之后的虚弱乏力，这件事本身却模糊不清、无法想起。他的激情沉醉不醒，他成功地忘却了一切记忆。而当勤务兵端着咖啡出现时，军官又恢复了昨天上午的样子。他拒不承认昨晚的事情——不承认它曾经发生过——并且他的否认成功了。他从未做过那样的事——反正不是他本人做的。无论如何可以怪罪那个躺在门口的愚蠢而又不顺从的仆从。

勤务兵整个晚上都在恍惚中度过。他因为口干舌燥便喝了些啤酒，但喝得不多，酒精使他恢复了知觉，而他无法忍受那一切。他变得迟钝呆滞，好像他这个普通人的十分之九已经麻木不仁了。他不成人形地缓慢行走。尽管如此，他一想起那几下脚踢，就觉得恶心厌恶，而当他回想起后来在房间里受到多次挨踢的威胁时，他的心里顿觉闷热眩晕，并且气喘吁吁，又记起曾经发生的那一幕。他被迫说出，"写给我女友的。"他已经筋疲力尽，甚至欲哭无泪。他的嘴巴微微张开，像个白痴一样。他感觉茫然空虚，心力交瘁。所以，他工作时神情恍惚，十分痛苦，并且非常缓慢笨拙，拿着刷子盲目地摸索乱弄，觉得难以应付，他一坐下来，就难以振作精神继续干活。他的四肢，他的下巴，都松弛懈怠，毫无力气。只因为他太疲惫了。他最终上了床，一动不动、放松舒适地睡着了，进入了一种与其说是沉睡安眠不如说是恍惚昏迷的状态中，像是闪现着极度的痛苦、注射了麻醉剂后不省人事的一夜。

早晨有演习。但他在军号吹响以前就已醒来。他的胸口剧烈疼痛，他的喉咙干涩枯燥，持续的悲惨可怕之感使他的眼睛立即睁开而且显得沮丧沉郁。他不假思索，就明白发生过什么。况且他知道新的一天再次来临，自己必须继续去执行任务。最后一点黑暗从房间内被驱逐出去。他不得不拖着迟钝无力的身躯去接着干活。他是如此年轻，对挫折还知之甚少，因此他迷惑不解。他仅仅希望黑夜继续停留，那样他便可以静静躺着，被黑暗所掩盖。然而什么也无法阻止白天的降临，什么也无法拯救他使其不必起床去给上尉的马装马鞍，不必为上尉煮咖啡。事情就是这样，不可避免。而且，他想，那是不可能的。他们不会让他空闲下来。他必须去把咖啡端给上尉。他太过震惊失措以至于无法理解。他只知道这是无法避免的——必然发生的，无论他一动不动地躺多久。

最终，经过一番自我挣扎，对他而言好像是大量的惯性，他起床了。可是他必须迫使自己的每一个动作背后，都有他的意志。他感到迷茫、眩晕、无助。紧接着，他抓住床沿，疼痛是如此剧烈。他注视着自己的大腿，看到黝黑的皮肤上有一块块深色的瘀伤，倘若他用一个手指去按一个肿块，他将会昏倒。但他不想昏过去——他不想让任何人知道。谁也不应该知道。这是他和上尉之间的事。现在世界上只有两个人知道——他自己和上尉。

　　缓慢地，简捷地，他穿好衣服并强迫自己行走。一切都模糊不清，除了他双手所能触及的东西。但他设法完成了他的工作。极端的痛楚让他从迟钝呆滞的感觉中恢复过来。然而最糟糕的事还未过去。他端着托盘上楼走进上尉的房间。那军官，脸色苍白，心情沉重，坐在桌旁。勤务兵敬礼时，觉得自己不复存在。他静静地站了一会儿，顺从地接受他自己的丧失——随后他鼓起勇气，似乎恢复了自我，而此时上尉开始变得模糊、虚幻，年轻士兵的心怦怦直跳。他紧紧抓住这种情景——上尉并不存在——所以他自己就能存活。可是当他看见上尉端着咖啡时手在颤抖，他便觉得一切都在崩塌。接着他走开了，感觉他自己好像变得支离破碎，彻底崩溃了。而当上尉骑在马背上发号施令时，他自己站着，背着步枪和背包，疼痛难受，觉得仿佛自己必须闭上眼睛——仿佛他必须闭上眼睛无视一切。行军所带来的漫长的痛苦以及干渴的喉咙使他产生一个单纯而朦胧的意图：拯救自己。

二

　　他甚至对干渴的喉咙也渐渐习惯了。白雪皑皑的山峰在空中熠熠生辉，在下面的山谷里，绿得发白的冰川河水蜿蜒流过灰白的浅滩，看起来几乎不可思议。但他却又热又渴快要抓狂了。他毫无怨言地拖着沉重的脚步前行。他不想开口说话，对谁都不想说。有两只鸥鸟，好像水花和雪片一样，掠过河面。碧绿的黑麦沐浴在阳光下，散发出的气味令人作呕。行军仍在继续，单调乏味，简直就像一场噩梦。

　　接下来一座农舍就在大路附近，低矮而宽敞，外面摆着几桶水。士兵们簇拥着喝水。他们摘下头盔，热气从他们的湿发里冒出来。上尉坐在马背上密切监视着。他需要看到他的勤务兵。他的头盔投下黑色的阴影遮住了明亮而凶狠的眼睛，但他的胡子、嘴巴和下巴却在阳光下清晰可见。勤务兵只有在这个骑马者身影下才能活动。这并不是因为他害怕，或者胆怯。而是因为他仿佛被开膛破肚，被掏空，像一具空壳。他觉得自己是空无，是一个阳光下缓慢蠕动的影子。尽管口干舌燥，他却简直没法喝水，始终感觉到上尉就在身旁。他也不能摘下头盔擦拭他的湿发。他只想待在阴影里，不愿被迫进入清醒状态。他看见上尉闪亮的靴后跟戳了下马的腹部，他大吃一惊；上尉策马慢慢走远，而他自己又再度陷入空虚之中。

然而，什么都无法把他生活中的位置在这炎热、明媚的早晨归还给他。他身处其中感觉像是一个缺口。上尉反而越来越得意，肆无忌惮。一股热流穿过年轻仆从的身体。上尉在生活中愈发坚硬与傲慢，而他自己却像影子一样空虚。热流再次穿过全身，使他晕眩。但他的心却更为坚定地跳动。

队伍往山上进发，准备绕个圈折回。山下，从树林间，传来农场大钟叮叮当当的响声。他看到在茂密的草场上赤脚割草的农民们，停下手中的活往山下走去，他们扛在肩上的长柄大镰刀，好像长长的、闪亮的爪子在身后弯曲下垂。他们看似梦中之人，仿佛跟他自己没有任何关系。他感觉身处黑暗的梦境里：似乎所有其他事物都有形并存在，唯独他自身是一种意识，是一个能够思考与感知的缺口。

士兵们拖着沉重的脚步默默爬上耀眼的山坡。渐渐地他的头开始旋转，缓慢而富有节奏。有时他眼前一片漆黑，仿佛是在透过磨砂玻璃观察这个世界，到处都是只见脆弱的阴影和虚幻不实。这使他走路时感到头疼。

空气中的香味太过浓郁，让人喘不过气。所有茂盛的绿叶植物似乎都在分泌汁液，直至空气充斥着绿色的味道，变得致命、令人作呕。其中有三叶草的芳香，像是纯正的蜂蜜。接着有一种微弱而刺鼻的气味——在山毛榉附近；然后是古怪的咔嗒声，以及一阵令人窒息、极其可怕的气味；他们正从一群绵羊旁边走过，牧羊人穿着黑罩衫，手里拿着弯杖。为什么羊群在这般烈日下还要挤成一团呢？他觉得牧羊人看不见他，尽管他能看到牧羊人。

队伍终于停了下来。他们把步枪堆成圆锥形，取下背包围绕着枪垛散乱地摆成一圈，然后他们稍微分散开，坐在山坡上高高的小土丘上，开始聊天。士兵们热得冒汗，但很活跃。他静静地坐着，望着二十公里以外，拔地而起的青山。连绵起伏的山脉间是蓝色的山谷，在那之外，在山脚下，是宽阔灰白的河床，绿得泛白的河水在灰中带粉的浅滩和深色的松树林之间绵延流淌。就这样，一直延伸到远处。河水看似沿着下坡奔流而去。一英里之外，有只木筏在行驶。这是一片奇异的乡村。近处，一幢红色屋顶、白色地基、方格窗户的宽敞农舍，坐落在森林边缘山毛榉树叶形成的围墙旁边。那里有一块块狭长的黑麦、苜蓿草和嫩绿的玉米地。而且就在他的脚边，小土丘下面，是片浅黑的沼泽，金莲花在细长的茎秆上纹丝不动地挺立着。一些淡淡的金色水泡不时爆裂，还有一根断枝悬在空中。他觉得自己昏昏欲睡。

突然间有什么东西闯进了他眼前这幕五彩斑斓的海市蜃楼。上尉，一个小小的浅蓝而鲜红的身影，沿着平坦的山脊，在麦田之间不紧不慢地骑马小跑。随后打旗语信号的士兵也跟着来了。骑马者的身影傲慢而自信地移动着，迅速而明亮，聚集了这个早晨所有的光芒，留给其他人一个脆弱而醒目的影子。唯命是从，无动于衷，年轻士兵坐在那里凝视着。但是当那匹马慢下来，缓步走上最后一段陡坡时，一股巨大的火焰燃遍了勤务兵的身体与灵魂。他坐在那里等待着。他的后脑勺感觉仿佛压着一团沉重的火焰。他根本不想吃东西。他的双手活动时微微发抖。与此同时，马背上的军官正缓慢而高傲地靠近。勤务兵的内心愈发紧张。接着，看见上尉在马鞍上怡然自得，怒火再次掠过他的全身。

上尉望着那片浅蓝和鲜红色，以及黑压压的脑袋，零星分散在山坡上。这使他满足。指挥他们使他满足。而且他感到自豪。他的勤务兵也在他们中间全都臣服于他。上尉踩着马蹬微微起身看去。年轻士兵坐在那里，沉默的脸转向一边。上尉在马鞍上放松下来。他那匹细腿的骏马，像山毛榉果一样的棕色，得意扬扬地往山上走。上尉走进弥漫着连队气息的区域：一股热烘烘的人味、汗味和皮革味。他太熟悉这种气味了。跟中尉说了几句话后，他又往上走了几步，然后坐在那里，一副君临天下的模样，他那匹大汗淋漓的马嗖嗖地甩着尾巴，与此同时他俯视他的士兵们，俯视他的勤务兵，那个在人群中无足轻重的人。

年轻士兵的心就像胸中的一团火焰，并且呼吸困难。军官往山脚下望去，看到三个年轻士兵提着两桶水，正步履蹒跚地穿越阳光灿烂的绿色田野。树下已经搭好一张桌子，身材瘦长的中尉站在那儿，煞有介事地忙碌着。这时上尉自己鼓起勇气采取了一项大胆的行动。他朝他的勤务兵叫喊。

年轻士兵听到命令，心中的怒火立即冲到喉咙口，随后他盲目地站起来，遏制着火气。他站到军官下方，敬了个礼。他没有抬头看。

但是上尉的声音有些颤动。

"到客栈给我去取……"军官下达了命令。"快！"他补充道。

听完最后一个字，仆从的心中跳动着一团怒火，他觉得有股力量涌遍全身。但他还是转身机械般地服从，迈开沉重的步伐往山下跑去，看上去像只狗熊，他的裤子在军靴上鼓得像袋子一样。军官则注视着这盲目的一路猛冲。

但是，如此卑躬屈膝而又机械式的服从只不过是勤务兵的外壳。他的内心已逐渐积聚起一个核心，这个年轻生命的所有能量都压缩凝聚其中。他履行了自己的任务，并且拖着沉重的脚步迅速返回山上。他走路的时候，头很痛，这使他不知不觉地扭曲面容。可在他胸腔中央坚不可摧的是他自己，他自己，牢固稳定，而且不可撕碎。

上尉已走进森林。勤务兵拖着沉重的脚步缓缓穿过热烘烘的、散发着强烈气味的部队休息区域。现在他的体内有一堆奇怪的能量。上尉比他自己更缺真实感。他走近通往森林的绿色入口。在那里，半是树荫之处，他看到马儿站着，斑驳的阳光和树叶摇曳的阴影洒满了马儿棕色的身躯。林中有块树木新近被伐的空地。此刻，在阳光绚烂的空地旁金绿相间的树荫下，站着两个人，身着蓝色和粉红色的军服，粉红色格外显眼。上尉正在和中尉讲话。

勤务兵站在明亮的空地边缘，那儿有许多粗壮的树干，剥去树皮、闪闪发光，横躺在地上仿佛赤裸的、棕色肌肤的尸体。碎木片乱七八糟地散落在被践踏过的地面上，好像斑驳的阳光，到处都是被砍倒的树木留下的树墩，它们的顶部平坦而天然。更远处是被阳光照得闪亮的绿色山毛榉树。

"那么我就骑马往前走。"勤务兵听到他的上尉说。中尉敬礼后大步离开。他自己朝前走去。当他踏步向军官靠近时，一束滚烫的火焰穿透他的腹部。

上尉注视着这个年轻士兵相当沉重的身躯跌跌撞撞地向前，他的血液也变得灼热。这将是他们俩之间男人与男人的对决。他在这低着头、步履蹒跚的坚实身影面前屈服了。勤务兵弯下腰把食物放在一个锯平的树墩上。上尉看到那闪闪发亮、被太阳灼伤的裸露着的双手。他想跟年轻士兵说话，但是什么也说不出来。仆从用大腿抵住瓶子，打开瓶塞，把啤酒倒进杯子里。他始终低着头。上尉接过杯子。

"好热啊！"他说，貌似很和蔼。

火焰从勤务兵的心头直往外窜，几乎让他窒息。

"是，长官。"他回答，从牙缝里挤出来。

接着他听到上尉喝酒的声音，他握紧拳头，手腕处感受到剧烈的疼痛。那时传来杯盖轻微的叮当之声。他抬头仰望。上尉正注视着他。他迅速把目光移开。然后他看见军官弯下腰从树墩上拿起一片面包。一股火焰再次穿透年轻士兵，目睹那僵硬的身躯在他的面前弯下，他的双手抽搐了一下。他扭头往别处看。他能够感觉到军官紧张焦虑。面包被撕开时掉落到地上。军官便吃了另一块。这两个男人紧张而安静地站着，军官费力地嚼着他的面包，仆从则侧着脸凝视着，握紧了拳头。

年轻士兵吓了一跳。军官重新打开杯盖。勤务兵注视着杯盖以及握着杯柄的白皙的手，仿佛着了魔。那只手举了起来。年轻人的眼睛跟随着它转动。接着他看到年长者喝酒时细小而结实的喉结一上一下，强壮的下颌也在动。在年轻男子手腕处痉挛的本能突然自由抽搐。他跳起来，觉得手腕仿佛被一团烈火裂成两半。

上尉的靴刺被树墩绊了一下，他轰隆一声向后倒下，背部中央重重地摔在一个边缘尖锐的树桩上，手里的杯子飞了出去。就在那一瞬间，勤务兵年轻的脸上充满着严肃和认真，他紧咬着下唇，用膝盖顶住军官的胸口并且把他的下巴使劲往后朝树桩的另一边按下去，紧紧按着，他的整个心都沉浸在如释重负的激情之中，他手腕的紧张感也得到了极大的缓解。他用手掌的根部猛推军官的下巴，用尽全力。而且，抓住那下巴，将略带胡楂的粗糙坚硬的下颌，握在手中，这令他感到愉快。但是，他也丝毫不放松，用尽全力推的时候浑身血液都沸腾起来了，他向后推着对方的脑袋，直到听见轻微的"咯咯"声以及嘎吱嘎吱的响动。那时他觉得他的脑袋仿佛要蒸发了。军官的身体剧烈地战抖抽搐，使年轻士兵恐惧惊骇、毛骨悚然。然而，压制住内心的恐惧，也让他感到愉快。他很乐意继续用手向后压着上尉的下巴，感受着另一个人的胸膛在他强壮年轻的膝盖的重压下的屈服，感受着在他身体下摇晃着的那具俯卧在地、猛烈抽搐的身躯。

上尉的身躯平静了下来。可以望见对方的鼻孔，却几乎看不见对方的眼睛。上尉的嘴巴非常古怪地撇了出来，嘴唇肥厚夸张，胡子直立在上。随后，他大吃一惊，发现上尉的鼻孔里渐渐充满鲜血。那殷红的液体注满边缘，稍稍停顿，溢出鼻孔，如涓涓细流顺着脸庞流到眼睛里。

这让他既震惊又苦恼。缓慢地，他起身。那具躯体四肢摊开躺在地上不停抽搐，了无生气。他站在那里默默地注视着它。遗憾的是它就这么完蛋了。它所代表的不仅仅是踢过他、欺负过他的家伙。他害怕去看那双眼睛。它们现在极其丑陋可怕，只露出眼白，而且上面淌着血。看到这种情景，勤务兵的脸因恐惧而紧绷着。好吧，事情就是这样了。他的内心感到非常满意。他一直憎恨上尉的脸。如今它被消灭了。勤务兵的灵魂深处如释重负。这是理所当然的结局。但是他无法忍受看到这修长的穿着军装的尸体横躺在树墩上，纤细的手指卷曲着。他想把它藏起来。

迅速地，匆忙地。他把尸体抱起来推到被砍倒的树干底下，那些美丽而光滑的树干两头都搁在原木上。那张脸鲜血淋漓，显得非常恐怖。他用头盔把它盖住。接着，他把上尉的四肢摆放得笔直体面，还拂去质地精良的军服上的枯叶。就这样，上尉的尸体静静地躺在树干下的阴影里。一道细长的阳光穿过圆木之间的缝隙，洒在胸脯上。勤务兵在它旁边坐了一会儿。他自己的生命也就此终结。

然后，恍惚之中，他听见中尉大声地向树林外的士兵们解释，假设下面河上的桥被敌人占领，现在该如何进军攻打。然而中尉根本不善言辞。勤务兵出于习惯而聆听着，觉得稀里糊涂的。而当中尉又从头开始重述时，他就不再听了。

他知道自己必须离开。他站起来。令他出乎意料的是，树叶在阳光下灿烂夺目，木屑从地面上反射出一片白光。对他而言，世界已经发生了变化。但对其他人而言却没有——一切似乎依然如故。只有他离开了这个世界。并且他不能回去。他的职责是带着啤酒杯和酒瓶回去。可他做不到。他已经远离那所有的一切。中尉依旧声音嘶哑地解释着。他必须走了，否则他们会追上他的。况且他现在无法忍受跟任何人接触。

他用手指遮在眼睛上，设法弄清自己在哪儿。紧接着他转过身去。他看到那匹马站在小路上。他朝前走去，跨上马。坐在马鞍上使他很痛苦。当他骑马慢跑穿过树林时，这种坐在马鞍上的疼痛一直伴随着他。他原本任何事都不在意，可他始终无法摆脱与其他人分离的那种感觉。小路直通树林外面。到达树林边缘时，他勒马停下并站定眺望。在阳光普照的宽阔山谷里，一小队一小队的士兵们在行进。有个男子在一片狭长的休耕地上耙土，到转弯处，不时地对牛大声吆喝。村庄和有着白色塔楼的教堂在阳光下显得渺小。而他不再属于那个地方——他坐在这里，在更远处，好像一个黑暗中的局外人。他已经从日常生活中脱离，进入到未知的世界，并且他不可以，甚至也不愿意再回去。

从阳光耀眼的山谷转身，他策马前往密林深处。那些树干，像灰白色的人一样寂静地站着，在他经过时置之不理。一头母鹿，它本身就像一块不断移动的阳光与阴影，在斑驳的树荫里奔跑穿越。树叶间有鲜亮的绿色缝隙。其后便全是松树林，黑暗而凉爽。而他痛苦不堪，他的脑袋里一阵难以忍受的剧烈震动，觉得恶心。他有生以来从未生过病。他感到困惑，对这一切十分茫然。

他试图从马上跳下来，却跌倒了，疼痛之深和失去平衡让他震惊。马儿不安地转动。他猛扯了一下缰绳，让马儿猝然慢跑离开。这是他与外界的最后一点联系。

但他只想就此躺下，不受打扰。蹒跚地穿过树林，他来到一处僻静的地方，斜坡上长满了山毛榉和松树。他立即躺下并闭上眼睛，他的意识离开自己径直奔驰。一阵病态的脉搏在他体内跳动，仿佛穿越了整个大地而悸动着。他又干又热浑身发烧。可他太忙乱、太痛苦地处于神智昏迷与谵妄错乱之中而无法察觉。

三

他猛然惊醒。嘴唇又干又硬，心脏剧烈地跳动，但他却没有力气站起来。他的心剧烈地跳动着。他在哪儿？——在营房——在家里？

有某种东西在敲击。然后，费了好大劲，他环顾四周——树林，层层叠叠的草木，还有浅红、明亮、宁静的阳光斑驳地洒在地面上。他不相信他还是他自己，他不相信他所看到的一切。某种东西在敲击。他挣扎着想要清醒过来，却再度陷入昏迷。接着他又挣扎起来。周围的环境渐渐跟他自身有了联系。他意识到了，一阵剧烈不安的恐惧随即涌过心头。某个人在敲击。他能看到头顶上那冷杉树笨重而漆黑的残枝碎叶。然后，一切都陷入黑暗。但他不相信自己闭上了眼睛。他并没有闭上。从黑暗里，景物又慢慢浮现。某个人在敲击。很快，他看见上尉那张血肉模糊的脸，那张他痛恨的脸。随后他吓得一动不动。然而，在内心深处，他知道情况就是这样，上尉应该死。但是生理的精神错乱控制了他。某个人在敲击。他一动不动地躺着，仿佛死去了一样，心怀恐惧。紧接着他便失去了知觉。

当他再次睁开双眼时，大吃一惊，看见某个东西迅速地跃上一棵树干。那是一只小鸟。鸟儿在他头顶宛转鸣叫。嗒，嗒，嗒——那是这只小巧而敏捷的鸟儿用嘴在啄树干，仿佛它的脑袋是一把很小的圆头锤。他好奇地注视着它。它快速地移动，用自己的爬行方式。然后，像只老鼠一样，它滑下光秃秃的树干。它的迅速爬行让他一阵厌恶。他抬起了头。脑袋感觉很沉。这时，小鸟从阴影里跑出来，穿过一片寂静的阳光，它的小脑袋飞快地上下摆动，白色的双脚轻快伶俐地移动了片刻。它的体型多么匀称，多么结实，一片片洁白的羽毛覆盖在翅膀上。有好几只这样的鸟儿。它们如此美丽——可是它们爬行起来却像行动迅速、飘忽不定的老鼠，在山毛榉树中间窜来窜去。

他又筋疲力尽地躺倒在地，失去了知觉。他对这些爬行的小鸟有种恐惧感。他全身的血液好像都在脑袋里冲来荡去。而他却无法动弹。

在一阵更为精疲力竭的疼痛中他苏醒过来。头疼，恶心，不能动弹。他一生中从未生过病。他不知道自己在哪里抑或自己是谁。很可能他是中暑了。还是什么别的病？——他已经让上尉永远闭上了嘴——在不久之前——哦，是很久以前。他的脸上血迹斑斑，眼睛朝上翻着。不管怎么说，那没什么大不了。一切都很平静。可是现在他已经超越了自我。他以前从未来过这里。是活着，还是死了？他独自一人。其他人，他们都在一个宽敞明亮的地方，而他却置身其外。小镇，整个乡村，一个光线明亮而广阔的地方：而他却待在外面，在这里，在这昏暗空旷的远处，每个事物都孤立存在。但是他们总有一天会从那里出来的，其他那些人。他们全都很渺小，落在他的身后。那里有他的父亲、母亲和恋人。他们又有什么关系呢？这就是片空旷的土地。

他坐了起来。有什么东西拖着脚在走。原来是只棕色的小松鼠在地上可爱地起伏跳跃，红色的尾巴随着身体上下波动——然后，随着它坐下，尾巴时而卷起时而展开。他注视着它，心情愉悦。它又继续奔跑，活蹦乱跳，自得其乐。它向另一只松鼠飞奔过去，它们互相追逐，发出些许叽叽喳喳的吵闹声。士兵想跟它们说话。可喉咙里发出的只有嘶哑的声音。松鼠全都急忙跑开——他们飞奔着上了树。接着，他看见其中一只趴在树干的半中央，正偷偷地窥视他。一阵惧怕之感掠过他的全身，尽管，当时他清醒着，他觉得很好笑。它依旧停住不动，机敏的小脸在树干半中央盯着他，小耳朵竖着，小爪子紧紧抓住树皮，白色的胸脯挺着。他开始惊慌失措起来。

他挣扎着站起身，步履蹒跚地往前走。他不停地走啊，走啊，寻找着什么东西——寻找喝的东西。他的脑子由于缺水而发烫燃烧。他跟跄而行。然后他就什么也不知道了。他走着的时候已失去了知觉。但他还是跌跌撞撞地往前走，嘴巴张着。

当他再次睁开眼睛看着这个世界时，哑口无言的惊奇，他不再试图回忆它是什么样子。闪闪发光的黄绿色背后浓重的金色光芒，高大的灰紫色树干，以及远处的黑暗，笼罩着他，变得越来越深。他有种抵达终点的感觉。他处于现实之中，在真实而黑暗的底部。但是干渴在他的头脑中燃烧。他感到轻松多了，不再那么沉重。他猜测这就是新生。空中响着低沉的雷声。他觉得自己正飞快地走着，直接走向解脱——或者走向水边？

忽然他害怕地站住。眼前是一片巨大的金色闪光，广袤无垠——只有一些深色的树干像栅栏一样隔在他与闪光之间。所有平整幼嫩的小麦在绸缎般绿色的衬托下闪着耀眼的金光。一个女子，穿着长裙，佩戴黑布作为头饰，好像一块阴影穿过闪亮碧绿的麦田，走进完全的光芒之中。那里还有一个农场，在阴影中呈现出淡蓝色，以及木材的黑色。而教堂的尖顶，几乎熔化在这金色之中。这个女子继续往前走，远离了他。他无法用语言跟她交谈。她是绚丽而纯粹的幻影。她说话的声音会让他困惑不解，她的双眼看他时会对他视而不见。她正穿过那里走向另一边。他靠着一棵树站着。

当他终于转身，俯视那长长的、光秃秃的、平坦的底层已经变暗的小树林时，看到群山笼罩在神奇的光彩之中，于不远处，光芒四射。在离他最近的柔和而灰暗的山脊背后，耸立的远山金黄而灰白，熠熠生辉的积雪好似纯净柔软的金子。如此宁静，在空中闪烁，完全由天空中的矿石炼成，它们在自己的寂静中闪耀。他站在那里注视着它们，他的脸被照亮了。像积雪闪耀着金黄璀璨的光芒一样，他感到自己的干渴也在体内发光。他站着凝望，斜倚在一棵树上。然后一切都滑落到虚无缥缈之中。

夜里闪电持续不断，整个天空变得雪白。他肯定又往前走了。青灰色的气氛笼罩在他周围的世界，田野里是一片灰绿色的光泽，树木则是大块的黑色，一团团乌云掠过洁白的天空。这时，黑暗像百叶窗一样陡然降临，然后真正的夜晚便降临。一个若隐若现的世界微微飘动，却无法从黑暗中跳脱出来！——随后又是一片灰白扫过大地，黑影隐约逼近，云朵挂在头顶。世界是个幽灵般的暗影，不时被抛到纯净的黑暗之上，然后重归于更加完整而彻底的黑暗。

而疾病引发的神志不清与高烧仍在他体内继续——他的大脑像黑夜般一开一合——有时由于树旁某个瞪着大眼睛的东西而惊恐得战抖——然后是行军导致的漫长而极度的痛苦，以及太阳使他的血液腐烂——再者是一阵对上尉刻骨铭心的仇恨，接下来的则是一阵温柔安逸之感。但是一切都被扭曲变形，源于疼痛并归于疼痛。

到了早晨，他彻底醒来。此时他的头脑只因对干渴的唯一的恐惧而灼烧！太阳照在他的脸上，露水正从他的湿衣服上蒸发。像着魔的人一样，他站起来。那里，他的正前方，蔚蓝、冰凉而柔和，群山绵延横跨清晨灰白色的天边。他想拥有它们——他想独自拥有它们——他想丢掉自我而与它们合为一体。它们屹立不动，它们宁静柔和，覆盖着洁白而温柔的雪花。他静静地站着，因倍受煎熬而发狂，他的双手卷曲、紧紧攥着。然后他突然发作，在草地上扭成一团。

他一动不动地躺着，处于某种极其痛苦的梦境之中。干渴的感觉似乎已经从他身上分离出来，站在一边，成为唯一的需求。那时他所感受的疼痛则是另一个独特的自我。还有他沉重的身体，是另一个分离的物体。他被分割成各种各样独立的存在。尽管它们之间有某种奇怪而痛苦的联系，但它们离得越来越远。然后它们彻底分裂。太阳，向下直射着他，钻透了联系的纽带。接着它们全都会坠落，穿越宇宙永恒的轨道而坠落。再一次，他的意识得以恢复。他用胳膊肘撑起身体，盯着闪闪发光的群山。它们巍峨耸立，在天地之间显得宁静而美丽。他凝视着，直到两眼发黑，而群山，雄伟地屹立着，如此纯净而冰凉，似乎拥有着他身上所失去的东西。

四

三小时后，当士兵们发现他时，他俯卧在地，脸压在手臂上，黑发在阳光下散着热气。不过他依然活着。看见那张开的乌黑的嘴巴，年轻的士兵们惊恐地把他放下。

他晚上在医院里死去，再也没有醒过来。

医生们看到了他腿上的瘀伤，还有背后的，都沉默无语。

这两个男人的尸体躺在一起，肩并着肩，摆放在停尸房里，一个白皙瘦长，可是僵硬地静卧着；另一个如此年轻、未经世事，看上去仿佛随时都可能从沉睡中苏醒。

骑马出走的女人

一

她原以为这场婚姻，在所有的婚姻中，会是一场冒险。并非这个男人本身对她而言极具魔力。他是一个身材矮小、瘦削结实、脾气很拧的家伙，比她要大二十岁，棕色眼睛、灰白头发。多年以前，他从荷兰来到美国时就像一块废料，只不过是个一丁点大的男孩，还从西部的金矿被撵到南方进入墨西哥，但如今他或多或少算是有钱人，在马德雷山脉的荒野中拥有银矿：显而易见，这种冒险来自于他的环境而非他个人的状况。他依然是个精力充沛的人，尽管历尽沧桑，但他所有的成就都是独自一人白手起家。这是一个难以言喻的古怪的人。

当她真正地看见他所成就的事业时，心里却产生了畏惧。巨大的绿色山脉连绵起伏，在死气沉沉的隔绝状态中，由于采集银矿而挖出了略带粉色的陡峭的干土堆。在光秃秃的矿山下面，是一幢围墙围着的单层土坯房屋，里面有花园，还有两侧爬满热带藤蔓植物的最深处的走廊。当你从关在里面、开满鲜花的庭院抬头仰望时，可以看到庞大的粉色圆锥形银土废料，以及矗立在天空下的冶炼厂房的机械设备。此外别无他物。

当然，那些高大的木门时常开着。于是她能够站在外面，站在广阔无垠的天地中。望着被绿树覆盖的山峦连绵不断无处不在，显得雄伟而空旷。一到秋季，满山苍翠，而其他时间，则略泛粉色、荒凉干枯并且抽象。

她的丈夫会驾驶破旧的福特轿车，载着她到被遗忘于群山之中的死气沉沉的萧条的西班牙小镇。那宏伟却毫无生机的教堂暴露在外，废弃的大门，笼罩着绝望的市场。她第一次去那里的时候，看到一只死狗躺在肉铺和菜摊之间，四仰八叉地躺着，人们都懒得把它扔掉，在一片死寂中弥漫着死亡的气息。

每个人都有气无力地讨论着白银，并且手里都拿出一块块矿石。但是白银处于滞销状态。大战时断时续。银市萧条，她丈夫的银矿已经关闭。可她和他仍旧住在矿场下的砖坯房子里，住在对她而言永远不够绚丽的花丛中。

她有两个孩子，一个男孩和一个女孩。大的是男孩，他十岁左右的时候她才从惊愕的麻木和恍惚中清醒过来。她如今三十三岁了，是个身材高挑、蓝色眼睛、茫然恍惚的女子，逐渐开始发胖。她那矮小、瘦削、顽强、倔强并且有着一双棕色眼睛的丈夫五十三岁了，他是一个像钢丝一样强硬、坚韧的精力充沛的男人，但是由于市场上白银价格的低迷，以及与妻子之间某种古怪的隔阂而显得神情沮丧。

他是一个有原则的人，也是一个好丈夫。从某种程度上说，他过分宠爱她。他从来没有摆脱掉自己对她目眩神迷的爱慕。可是本质上，他仍然是个单身汉。他十岁时，就被迫独自一人在外面的世界闯荡。他结婚时，已经四十多岁，而且有了足够的财富。但他内心还是单身汉。他是自己工厂的老板，而婚姻则是他自己最后的也是最私密的一项工程。

他对妻子极其钦慕，他爱慕她的身体，她所有的一切。并且对他而言，她始终是那个他初次认识时令人炫目的来自伯克利的加州女孩。像任何酋长一样，他在奇瓦瓦州的群山之间守卫着她。他精心呵护着她，就像他呵护他的银矿一样：那可真是了不得。

她到三十三岁，除了体格之外，还是当年那个伯克利的姑娘。她意识的发展伴随着她的婚姻神秘地停止，彻底地被抑制。她的丈夫对她来说从未变得真实过，无论是精神上还是肉体上。虽然他对她有几分迟暮的激情，可就身体上来说，她从未把他当回事儿。他只在道义上统治着她，击败了她，使她困在不可战胜的奴役之下。

就这样岁月流逝，在环绕着阳光充裕的庭院的砖坯房屋里，包括头顶上的银矿。她的丈夫永远静不下来。白银滞销以后，他在大约二十英里外的低处经营一个大牧场，饲养纯种猪，一种极好的牲畜。然而，他又讨厌猪。他是个神经质的、理想主义的追随者，真正地痛恨生活中物质的那一面。他热爱工作，工作，工作，还有创造事物。他的婚姻，他的孩子们，都是他所创造的事物，是他事业的一部分。不过这些附带情感上的收益。

渐渐地她的神经开始紊乱：她必须逃离必须出走。所以他带她到埃尔帕索住了三个月。至少那里是美国。

但是他保持着对她的威严。三个月结束之后：她回来了，像往常一样回到永远翠绿或粉褐色的山丘中，回到她那砖坯房子里，空虚失落得如同蛮荒之地。她教育自己的孩子，监督那些作为仆人的墨西哥男孩。她丈夫有时会带来些客人，西班牙人，或者墨西哥人，偶尔也有白人。

他的确喜欢有白人的地方。然而他们在这里的时候他却没有片刻的安宁。这就仿佛他的妻子是他的矿山中特殊而秘密的矿石岩脉，除了他自己之外谁都不应该知道。况且她被那些他偶尔请来的客人，年轻的绅士、采矿工程师深深吸引。同样，他也会被真正的绅士所吸引。可他是个有妻室的老派矿主，假如一位绅士看着他的妻子，他就觉得仿佛自己的矿藏被人洗劫，秘密被人刺探。

就是这些绅士们其中的一位把这种观念植入她的脑海。他们都站在庭院巨大的木门外，注视着外面的世界。正值九月，雨后，永恒而静止的山陵一片苍翠。除了荒芜的矿山，废弃的工厂，以及一排异常荒凉的矿工住宅，其余一无所有。

"我想知道，"那个年轻人说，"那些宏伟荒芜的群山后面是什么。"

"更多的山，"莱德曼说，"如果你往那边走，是索诺拉省和海岸。往这边走是沙漠——你就是从那里来的——而另一个方向，全是崇山峻岭。"

"对啊，但是那些山里住着什么呢？肯定有某些奇妙的东西？看起来根本不像是地球上的什么地方：如同在月球上似的。"

"如果你想打猎，那里有很多猎物。还有印第安人，假如你觉得他们奇妙的话。"

"野蛮吗？"

"相当野蛮。"

"但是友好吗？"

"那要看情况而定。他们有一些人很野蛮，而且他们不允许任何人靠近。他们一见到传教士就杀。连传教士都去不了的地方，没人敢去。"

"可是政府怎么说？"

"他们离任何地方都太远，政府不干涉他们。况且他们诡计多端，如果他们觉得要有麻烦了，就派一个代表团去奇瓦瓦，正式表示归顺。政府也乐意那样收场。"

"那么他们是否过着野蛮的生活，有他们自己原始的习俗和宗教？"

"噢，是的。他们不用别的，只会使用弓和箭。我在镇上见过他们，在广场上，他们戴着滑稽的插满鲜花的帽子，一只手握着长弓，几乎赤裸着，只穿一件类似衬衣的东西，甚至在天气寒冷的时候——光着野蛮的双腿到处迈着大步行走。"

"可是你不认为那很奇妙吗，在他们神秘的村庄上面？"

"不。哪里会有什么奇妙的？野蛮人就是野蛮人，而且所有野蛮人的行为举止或多或少都是类似的：相当低等而且肮脏，不讲卫生，耍一些狡诈的诡计，为获得足够的食物而拼命。"

"但是他们肯定有很古老、很古老的宗教和神秘的仪式——那一定很奇妙，肯定如此。"

"我不了解神秘的宗教仪式——嚎叫和野蛮的风俗，多多少少有些有伤风化。不，我根本看不出这类东西有什么奇妙之处。而且我感到诧异，你曾在伦敦、巴黎或者纽约居住过，你应该——"

"啊，每个人都住在伦敦、巴黎或者纽约——"年轻人说道，这仿佛变成了一场争论。

他对未知的印第安人独特而模糊的热爱在那个女人心中产生了强烈的共鸣。她被一种比小女孩的浪漫更虚幻的愚蠢的浪漫主义所压倒。她觉得自己命中注定要深入到出没于山间的那些永恒、神秘、不可思议的印第安人中去。

她保守着她的秘密。年轻人要离开了，她的丈夫跟他一起到托雷翁去，为了公事：将会离家好几天。不过在出发之前，她让她丈夫讲了些印第安人的故事：关于游牧的部落，类似于纳瓦霍人，仍然在自由地流浪；以及索诺拉的雅基人；还有奇瓦瓦省各个山谷中的不同部落。

那里应该有一个部落，住着奇尔奇威人，住在南部一个较高的山谷里，他们是所有印第安人中的神圣部族。蒙特祖玛以及古老的阿兹特克人或者托托纳克王室的后裔依然生活在他们之中，而且年迈的祭司们还保持着古老的宗教信仰，并用活人献祭——据说是这样。有些科学家曾去过奇尔奇威人居住的乡村，但回来的时候由于饥饿和艰苦而枯瘦憔悴、精疲力竭，带回各种各样稀奇古怪的、原始的祭祀物品，可是并未在荒凉、朴实的野蛮人村落里看见任何与众不同之处。

尽管莱德曼讲得很随意，但很明显他一想到古代人和神秘的野蛮人就感受到某种粗俗的兴奋。

"他们离这儿有多远？"她问。

"嗯——骑马的话三天——经过库奇蒂和一个小湖泊再往上就到了。"

她的丈夫和年轻人离开了。这个女子制定了她的疯狂计划。近来，为了打破自己千篇一律的生活，她不断要求丈夫让她跟他一起去骑马，偶尔，在峻峭的山脊上。她从来不被允许单独出去。乡间的确也不安全，无法可依，粗鄙简陋。

但是她拥有自己的马，她还梦想着能够像她小时候在加利福尼亚的山林之间那样自由自在。

她的女儿，九岁大了，如今在五英里外人迹罕至的西班牙采矿小镇上一家小型的女子修道院里。

"曼纽尔，"这个女人对她的家仆说，"我打算骑马去女子修道院看看玛格丽特，并且给她捎点东西。也许我会在修道院过夜。你负责照顾弗雷迪，还有把一切都安顿好，直到我回来。"

"需要我骑主人的马陪您一块儿去吗，或者胡安陪您去？"仆人问道。

"都不用，我一个人去。"

年轻人看着她的眼睛，以示抗议。让这个女子单独骑马出去是完全不可能的事！

"我独自去。"身材高大、神态温和、肤色白皙的女人重复了一遍，特别傲慢地强调。随后仆人沉默而不悦地屈从了。

"你为什么要一个人去呀，妈妈？"当她在把食物捆成包裹时，她的儿子问道。

"难道我就永远不能独自出去吗？连一会儿时间都不行吗？"她带着突然爆发的能量喊道。而孩子，和仆人一样，都退缩到沉默之中。

她心安理得地出发了，跨上她那健壮的红棕相间的杂色马，穿着粗亚麻布制成的骑装，亚麻马裤上罩着一条马裙，她的白衬衫上系着一条鲜红色的领带，头戴一顶黑色的毛毡帽。她往马鞍袋里装了些食物，一个装满水的军用水壶，还把一条当地生产的大毛毯绑在马鞍后面。她凝视着远方，从家中启程。曼纽尔和那个小男孩站在门口目送她离开。她甚至没有转身跟他们挥手告别。

但是当她骑马走了一英里左右时，便离开荒凉的大路踏上右边的小径，它通往另一个山谷，越过陡峭的路段和高大的树林，直通另一个废弃的矿区。这时正值九月，在通往废弃矿井的小溪中，河水在自由地流淌着。她下马喝了点水，也给马儿饮了水。

她看到当地居民穿越树林，走上斜坡。他们已经看见了她，并且密切地留意着她。她回望他们。那三个人，两个女子和一个年轻人，正绕道而行，以便不跟她靠得太近。她并不在意。翻身上马，她一路小跑到寂静的山谷上，穿越银矿工厂，将所有的矿山远远甩在了身后。那里仍然有条崎岖的小径，满是岩石和松散的小石子，通往远处的山谷。这条小路她曾经和她的丈夫一起骑马走过。她知道过了那边必须朝南走。

奇怪的是她并不害怕，尽管这是阴森恐怖的乡村，看似致命的寂静山坡，远处偶尔有冷漠、可疑、难以捉摸的当地人在林间穿梭，间或有食腐大鸟在遥远的空中盘旋，好像巨大的苍蝇，在一些腐尸、低矮的平房或者一排小屋之上盘旋。

随着她的不断攀登，树木越缩越小而小径则穿过一片满是荆棘的灌木丛，长满了蓝色的旋花，偶尔还有粉色的攀缘植物。再往前走，这些花朵也消失了。她开始接近松树林。

她爬到山顶，眼前是另一座寂静、空无、苍翠的山谷。这时已经过了正午。她的马儿转向一条小溪，于是她下马吃午餐。她默默地坐着，眺望静止不动、杳无人迹的山谷，以及南面的岩石和松树林上高高耸立的山峰尖顶。她在最热的时候休息了两个小时，马儿则在她的附近吃草。

奇怪的是她既不害怕也不觉得孤独。其实，孤独就像一个口干舌燥的人喝下的一杯凉水，有一种奇怪的兴奋由内而外维持着她。

她继续前行，夜里在丛林深处、溪流旁边的一个山谷露营。她看到有牛群并且越过好几条小径，不远处肯定有个大牧场。她听见山狮奇怪的哀号尖叫，还有狗群回应的叫声。她坐在一片隐秘的空地上那小小的篝火旁边，并不觉得害怕。她总是被内心奇异而无法抑制的快感所鼓舞。

黎明之前非常寒冷。她裹在毛毯里躺着仰望群星，聆听她的马儿在颤抖，感觉自己像个已经死去并且到了另一个世界的女人。她不确定在夜里自己是否听到，身体中央剧烈的撞击声，那是她自己死亡的崩塌声。否则就是地心的破裂声，意味着重大而神秘的事件。

伴随着第一缕阳光，她起身，因寒冷而麻木，然后生了堆火。她匆忙地吃了点东西，给马儿喂了几块油籽饼，便重新启程。她不与任何人见面——而且由于她没有遇到其他人，这就证明她也在被人回避着。她最终到达了看得见库奇蒂村庄的位置，红色屋顶的小黑房子，昏暗、沉闷地簇拥在另一座寂静、长期废弃的矿区下面。在更远处，是漫长、宏伟的山脉，从昏暗、茂密、苍翠的松树林中散发出绿色的光芒。松树林的上方是在天空衬托下裸露的绵延不断的岩石，岩石早已风化而且覆盖着厚厚的积雪。雪花又开始飘落下来。

可是现在，随着她靠近目的地，或多或少，她开始感到茫然和沮丧。她经过泛黄的杨树林里的小湖泊，那些白杨树的白色树干浑圆而柔滑，像是女子们滚圆雪白的手臂。多么可爱的地方啊！要是在加利福尼亚她会为之倾倒、热情谈论。可在这里她虽然看见并且注意到它美丽动人，却并不在乎。她很疲倦，已经有两个夜晚在野外露宿，对即将来临的夜晚感到害怕。她不知道自己会去向何方，也不知道自己要去做什么。她的马儿沿着布满石子的小径，朝着巨大而险峻的山坡，沮丧地缓缓前行。那时她如果有一丝离开的意愿，她就可以掉转头去，回到村庄，被保护起来并送回她丈夫的身边。

但是她根本没有自己的意志。她的马儿踩着水花淌过一条小溪，在广袤无垠的泛黄的木棉树林下方，出现了一座山谷。她肯定已经抵达海拔九千英尺左右的地方，由于海拔的高度和疲倦困乏，她觉得脑袋轻飘飘的。她可以看到在木棉树林的更远处，两侧陡峭的山坡边缘包围着她，山坡上是枝叶锋利、重叠交错的白杨，再往上，则是正在萌芽的尖尖的云杉和松树。她的马儿自动地继续向前。在这狭窄的山谷中，细长的小径上，除了向上攀登以外，别无他法。

突然，她的马儿惊跳起来，在她前面的山径上出现了三个身披暗色毛毯的男人。

"一路平安！"[1]传来印第安人洪亮而拘谨的问候声。

"一路平安！"她回答，用她美国女性自信的声音。

"你去哪儿？"传来平和的提问，用西班牙语。

那些身着深色瑟拉佩肩毯[2]的男子走近了一些，正抬头望着她。

"朝前走。"她用生硬的撒克逊人西班牙语，冷静地回答。

这些人在她看来不过是当地土著而已：黝黑的脸庞，健壮的身躯，穿着深色瑟拉佩肩毯，还戴着草帽。他们应该跟那些替她丈夫工作的男人们是一样的，除了黑色的长发一直披到他们的肩头，颇为奇怪。她注意到这黑色长发，心生厌恶。这些人一定是她要探访的印第安野蛮人。

"你从哪儿来？"同一个男子问道。他很年轻，敏捷、硕大、明亮的黑色眼睛从侧面扫视着她。他黝黑的脸上蓄着柔软的黑髭胡，还有稀疏丛生的络腮胡，下巴上有零星的毛发。他乌黑的长发，充满活力，自然地垂落至肩膀。尽管他肤色很黑，可他看上去并不像不久前

---

1 原文为"Adios"，西班牙语，意为再会、再见、离别、一路平安，相当于英语中的adieu之意。
2 原文为"Sarape"，瑟拉佩是一种华丽的毛织布，美洲的土著居民将这种羊毛毯做披肩之用。

梳洗过的样子。

他的两个同伴也是如此，但是年长些，强大而沉默。其中一个有道又细又黑的髭胡，可没有络腮胡。另一个脸颊光滑，凸显下巴线条的稀疏的黑须和胡子是印第安人特有的标志。

"我从遥远的地方来。"她回答，用半开玩笑的遁词。

回应她的是一片沉默。

"但是你住在哪里？"年轻人问，带着平静而坚持的口吻。

"在北方。"她轻快地回答。

又是片刻的沉默。那个年轻人用印第安语，轻声地与他的两个同伴交谈。

"你往这条路上走，想要去哪儿？"他突然语带挑衅和权威，指着小径简略地问道。

"到奇尔奇威印第安人那里。"这个女子简洁地回答。

年轻人望着她。他的眼睛敏锐、乌黑、残忍野蛮。在黄昏充足的光线中，他看见她极为丰满、镇定、娇嫩的脸上显出淡淡的自信的微笑；那是她蓝色的大眼睛下疲倦、发青的眼圈，以及她俯视他时，眼中流露出对自己女性魅力的一半幼稚、一半傲慢的自信。可她眼中，还有一种奇异的恍惚的表情。

"你是位女士吗？[1]"那个印第安人问她。

"是的，我是一位女士。"她沾沾自喜地回答。

"有家人吗？"

"有丈夫和两个孩子，一男一女。"她说。

1　原文为"Usted es Señora?"，西班牙语，意为"你是位女士吗？"

那个印第安人转过身翻译给他的同伴们听，语音咕噜低沉，如同暗流奔涌的汩汩水声。他们显然困惑不解。

"你丈夫在哪里？"年轻人问。

"谁知道啊？"她轻快地回答。"他出去谈生意已有一个星期了。"

黑色的眼睛机灵干练地注视着她。她，尽管很疲惫，但出于自己冒险精神的骄傲和自己女性气质的信任，以及她身上疯狂的魔力，还是微微一笑。

"那么你想要干什么？"那个印第安人问她。

"我想要拜访奇尔奇威印第安人——去看看他们的房屋，去了解他们的众神。"她回答。

年轻人转身迅速地翻译，接着是一阵近乎惊愕恐怖的沉默。严肃的年长男子们用奇怪的眼神，从他们装饰性的帽子下方，斜眼扫视着她。然后他们用低沉的声音对年轻人说了几句话。

后者依然犹豫不决。接着他转向那个女子。

"好的！"他说，"我们走吧。可是我们直到明天才能到达。今晚我们不得不露营。"

"好的！"她说，"我可以露营。"

他们不再啰唆，沿着布满石子的小路迅速出发了。那个年轻的印第安人在她的马头旁边小跑，另外两人跟在后面。他们其中一个拿着根粗棍，间或不时朝她的马儿的臀部响亮地击打，驱策马儿前行。这使得马儿蹦跳不止，把她抛向马鞍后面，她筋疲力尽，对此颇为愤怒。

"别那样做！"她喊道，生气地回头看着那个家伙。她的目光与他乌黑闪亮的大眼睛相遇，她的心灵第一次真正地感到恐惧。那个男人的眼睛在他看来是非人类的，而且他们并不把她看作漂亮的白人女性。他用乌黑、明亮、惨无人道的眼神望着她，根本不把她当女人看。仿佛她是某种奇怪、莫名其妙的东西，令他不可思议，但却有抵触。她惊讶地坐在马鞍上，再次感觉自己好像已经死去。他又一次击打她的马，她在马鞍上狠狠地颠簸。

这个被宠坏的白人女子怒火中烧。她勒住马停下，用燃烧着愤怒的双眼转向缰绳边上的男人。

"告诉那个家伙别再碰我的马。"她叫道。她接触到年轻人的目光，闪亮、乌黑、深不可测，她从那蛇一般的眼睛里看到一丝嘲笑的闪光。他用低沉的印第安语，告诉后面的同伴。手拿木棍的男人看也不看地听着。然后，他对马儿发出奇怪低沉的吆喝，他再次朝马的臀部击打，于是马儿痉挛性地在小径上向前腾跃，把石子踢得四处飞散，使那个疲惫的女子在马鞍上颠簸摇晃。

她的怒火疯狂地在眼中闪烁，脸都气得煞白。她拼命地控制住她的马。但是还没等她拨转马头，年轻的印第安人就抓住马儿喉咙底下的缰绳，往前猛拉，并且迅速地向前奔跑，引导着马儿。

女子无能为力。伴随着她极度的愤怒产生了一种轻微的狂喜的震颤。她知道她已经死了。

夕阳西沉，一大片金黄的余晖照射着最后几株白杨树，照耀在松树的树干上，根根直立的松针显出昏暗的光泽，岩石闪烁着超自然的魔力。在这片灿烂光辉之中，她马头旁边的印第安人精神抖擞地快步前行，他的深色毛毯摇摆着，裸露的双腿在强烈的光芒下闪耀着奇怪异样的红光，还有他荒诞可笑、装饰着花朵跟羽毛的草帽在他瀑布似的黑色长发上华贵地闪烁发光。他偶尔会对马儿发出低声的吆喝，然后另一个印第安人，在后面，就用棍子猛击一下马儿。

奇异的光芒从群山中褪去，整个世界开始变得昏暗，一阵冷风拂过。天空中，半轮明月正在与西方的余晖做斗争。巨大的阴影从陡峭的岩坡上洒落。溪水哗哗地流淌。女子只能意识到自己的疲惫——她那难以言喻的疲惫，以及从山顶刮下来的寒风。她没有注意到月光怎样代替了白昼。这就发生在她因为疲倦而失去知觉的旅行中。

他们借着月光行走了几个小时。然后他们突然停住。男人们低声交谈了片刻。

"我们在这里露营。"年轻人说。

她等待他扶她下马。他只是站在那里握住马的缰绳。她几乎是从马鞍上摔下来，太疲倦了。

他们在岩石脚下选择了一个地点，那里还散发着些许太阳的余温。一个人砍来松树枝，另一个人把松树枝靠着岩石竖起来搭成庇护所，并把香脂松的大树枝铺成床。第三个人生了一小堆火，用来热墨西哥玉米卷。他们默默无语地忙碌。

女子喝了点水。她不想吃东西——只想躺下。

"我睡在哪儿？"她问。

年轻人指向一间树屋，她悄悄进去，呆滞地躺下。她并不在意自己发生了什么事，她太过疲倦，什么都不在乎。透过云杉的嫩枝她可以看到三个男人围蹲在火堆旁，嚼着他们用黑乎乎的手指从灰烬里捡出的墨西哥玉米饼，喝着葫芦里的水。他们用喃喃自语的低沉声调互相交谈，其间伴随着漫长而沉默的间隔。她的马鞍和袋子放在离篝火不远处，没有打开，原封不动。这些男人对她和她的行李都不感兴趣。他们头戴帽子盘腿坐着，机械地吃着东西，像动物一样，深色瑟拉佩披肩的流苏落在地上，强壮、黝黑、赤裸的腿部像动物一样蹲着，底下露出肮脏的白衬衫和缠腰布之类的服饰。他们并没有对她表现出更多感兴趣的迹象，好像她不过是他们打猎后带回来挂在屋里的一块野味。

过了一会儿，他们小心地把火熄灭，然后回到他们自己的住所。她透过树枝搭成的屏风观察，看见那些黑色的身影在月光下悄然无声地走来走去，突然间产生了恐惧与焦虑的紧张感。他们现在会袭击她吗？

但是没有！他们仿佛忘却了她的存在。她的马被拴住了；她能够听到它在疲惫地跳跃。万籁俱寂，山一般的静谧，寒冷，死寂。她在神志不清、寒冷疲惫的麻痹状态中睡了又醒，醒了又睡。一个很长、很长的夜晚，冰冷而永恒，她觉得自己已经消逝了。

二

然而，外面传来一些动静，那是燧石和钢铁碰撞的叮当声，一个男人的身影像狗蹲伏于骨头上一般，蜷缩在噼啪作响的红色篝火旁边，她知道黎明即将来临，在她看来黑夜过去得太快了。

火焰快要熄灭的时候，她走出了棚屋，心里只剩一个真实的欲望：想喝咖啡。那些男人正在加热更多的墨西哥玉米饼。

"我能煮点咖啡吗？"她问。

年轻人看着她，她想象着他的眼中又流露出同样嘲弄的火花。他摇了摇头。

"我们不喝，"他说，"没有时间了。"

那两个蹲在地上的年长者，抬头看着她，在可怕而苍白的破晓时分，他们的眼神里甚至连嘲笑都没有。唯有那种强烈紧张、但又冷漠疏远、没有人性的闪光，令她感到恐惧。他们是难以接近的。他们一点也不把她当女性来看待。仿佛她不是一个女子。或许，仿佛她的白皙带走她的女性气质，留下的是一只巨大的雌性白蚁。这就是他们在她身上看到的全部。

太阳升起之前，她就重新坐到马鞍上，在冰冷的空气中，他们攀登陡峭的山坡。太阳出来了，她暴露在空地的阳光下，不久便觉得很热。她觉得他们正在向着世界的屋脊攀爬。远处的天穹下是斜线般的雪花。

上午，他们来到一个马匹无法再往前走的地方。他们休息了一段时间，面前是一块倾斜的巨型原生岩石，像是某种陆地野兽光滑的胸脯。他们必须沿着弯曲的裂缝，跨越这块岩石。对她而言这是数小时的折磨，她匍匐前进，沿着纯粹的岩石山脉的倾斜表面，在裂缝之间爬行。一个印第安人在前，另一个在后，穿着皮革编织的凉鞋，挺直身子慢慢地行走。可她穿着马靴不敢站直。

然而，她始终感到诧异的是，为什么她坚持紧贴着一英里长的大片岩石匍匐爬行？为什么她不自己迅速躺倒，然后一了百了！世界就在她的脚下。

当他们终于出现在一座布满石头的山坡上时，她回头望去，看见第三个印第安人背着她的马鞍和鞍袋走过来，所有的东西都用他前额上的带子吊着。他把他的帽子拿在手里，缓慢地行走，以印第安人迟缓、轻柔、沉重的步伐，坚定地在岩缝间前行，仿佛在沿着铁制盾牌上的划痕行走。

那石头密布的斜坡向下延伸着。印第安人似乎变得兴奋激动。有一个在前面小跑，绕过岩石的拐弯处消失了。弯曲的小路盘旋而下，直到最终在正午炫目的阳光下，他们看到身下的一个山谷，在岩壁之间，像是群山之中豁出巨大广阔的裂口。这是个绿意盎然的山谷，有条小河，以及树林，还有一簇簇平整闪耀的房屋。一切都微小而精致，位于脚下三千英尺处。甚至包括溪流之上平坦的桥梁，及其四周环绕着房屋的广场，广场两端矗立的高大建筑物，挺拔的木棉树，牧场和大片枯萎泛黄的玉米地，远处山坡上星星点点棕色的绵羊或山羊群，溪边的栅栏围墙。就在那里，一切都小巧玲珑而精致完美，看起来很神奇，从山上看过去，任何地方都显得很神奇。与众不同之处在于低矮的房屋闪烁着白光，涂成了白色，看似盐的结晶体，抑或白银。这让她害怕。

他们从峡谷的顶端出发，沿着奔流而下的溪水，走上漫长而迂回曲折的下山之路。起先到处都是岩石：然后开始出现松树，不久，是银色枝干的白杨。秋季的花朵盛开，硕大的类似雏菊的粉红色花朵，还有白色的花，以及许多黄色的花，丰富繁茂。但她不得不坐下休息，她太疲惫了。随后她看到这些鲜艳的花朵影影绰绰，好似徘徊的阴影，就像已死之人一定会看到的景象。

终于，在白杨和松树混杂的区域中间，草地和放牧的山坡出现了。一个牧羊人，除了他的帽子和棉制裹腰布以外，几乎赤裸在阳光下，正赶着棕色的羊群走过。她和那个年轻的印第安人，在一个小树林里坐着等待。背着马鞍的那个人也往前走了。

他们听见有人走来的声音。这是三个男人，身穿精美的红橙黄黑四色相间的瑟拉佩肩毯，戴着鲜艳的羽毛头饰。最年长者的灰白头发用兽皮编成了辫子，他那鲜红橙黄的瑟拉佩肩毯上布满了古怪的黑色花纹，像是美洲豹的外皮。另外两人头发并不灰白，却也是长者。他们的毯子是条纹状，他们的头饰却相对并不华丽。

那个年轻的印第安人与长者们轻声低语地说了几句话。他们聆听着，既不回应，也不看他或看这个女子，他们扭过脸去，眼睛看着地面，只是听着而已。最终他们转过身望着那个女子。

那个老酋长，或者巫医，无论他是谁，古铜色的脸上刻满一道道深深的皱纹，唇边有少许稀疏的灰白胡须。他灰白的头发用兽皮和彩色的羽毛编织成两条长长的辫子，垂在肩膀上。然而，最非比寻常的就是他的眼睛。它们是黑色的，拥有非凡的穿透力，恶魔般的、勇敢无畏的力量中没有一丝担忧疑虑。他用敏锐的目光长久地注视着白人女子的双眼，寻找她所不知道的东西。她鼓足全部力量迎向他的目光，并且保持警惕。可这根本不管用。他并不像一个人看另一个同类那样望着她。他甚至连她的反抗或是挑战也不去理睬，而是透过它们，进入她无法知晓的层面。

她领悟到想和这个老者进行任何人与人的交流沟通都是毫无指望的。

他转过身对那个年轻的印第安人说了几句。

"他问，你到这里来寻找什么？"年轻人用西班牙语问道。

"我？什么都不找！我只是来看看这里是什么样子。"

这句话被翻译过去，老人双眼又一次注视着她。然后，他又用喃喃自语的低沉嗓音对年轻的印第安人说话。

"他说，你为什么离开白人的家？你是想要把白人的上帝传给奇尔奇威人吗？"

"不，"她莽撞地回答，"我离开了白人的上帝。我来这里是寻找奇尔奇威人的上帝。"

当这句话被翻译过去之后，一阵意味深长的沉默随之而来。随后那个老者再次开口，发出疲惫而微弱的声音。

"这个白种女人来寻找奇尔奇威人的神灵，是不是因为她对自己的上帝感到厌倦啦？"他问道。

"是的，正是如此。我对白人的上帝已经感到厌烦。"她回答道，心里觉得这是他们希望她说的话。她愿意尊崇奇尔奇威人的神灵。

当这句话被翻译过去后，伴随着紧张的沉默，她意识到那些印第安人身上涌现出意想不到的、激动人心的胜利与狂喜。然后他们全都用敏锐的黑眼睛望着她，令人费解地闪烁着钢铁般贪婪的意图。她变得更加茫然，这种眼神里没有任何感官或性别的成分。它有种超越她理解范围的令人恐惧却又闪闪发光的纯粹。她很害怕，要不是心里某种东西已经死亡，只剩下冰冷、警惕的惊愕，她肯定会出于恐惧惊吓而瘫倒。

两个年长者交谈了一会儿，然后离开了，留下她和那个年轻人以及年纪最大的老酋长。现在这位老人带着某种关切看着她。

"他说你累了吗？"年轻人问。

"很累。"她说。

"那些人会给你准备一辆车子。"年轻的印第安人说。

所谓的车子，结果其实是一种包含着深色羊毛绒粗呢制成的类似吊床的担架，悬挂在两个长发印第安人肩上扛着的杆子上。那羊毛吊床摊在地上，她坐了上去，然后他们把杆子扛起来。她好像被装在麻袋里似的，摇摇晃晃地被抬出小树林，跟随着老酋长，他的美洲豹斑点披毯在阳光下古怪地移动着。

他们已经出现在山谷的尽头。前面就是玉米地，玉米穗都成熟了。

在这种海拔很高的地区，玉米长的不算高大。一条很多人走过的小路穿过玉米地，她唯一能看到的是老酋长直立的背影，穿着火红黑色相间的瑟拉佩肩毯，迈着轻柔而迅速的步伐，面朝前方，目不斜视。抬着她的人紧随其后，有节奏地行进，前面那个男人深蓝色的头发像瀑布一样闪闪发亮地披在赤裸的肩膀上。

他们越过玉米地，来到由泥土和砖块砌成的巨大围墙或土方工程前。木制的大门敞开着。再往里走，他们便置身于构成网状的多个小型花园之中，长满了鲜花、药草和果树，每个花园都由一条沟渠里潺潺流淌的活水灌溉。在每一丛树木和花朵中间，都有一座闪闪发光的白色小屋，没有窗户，而且大门紧闭。此处是一个在开满鲜花的正方形花园内众多小径、溪流、小桥所构成的网络系统。

沿着最宽的那条小路——一条落叶和草地之间踩出的柔软狭窄的小道，一条由几个世纪以来人类足迹踏出的平滑的小路，没有任何马蹄或车轮将它损毁——他们走到水流湍急而欢快的小河边，走过一座独木桥。万籁俱寂——到处都不见人影。道路在宏伟壮丽的木棉树林下向前延伸。它突然出现在村庄的中心市场或广场的边缘。

这是许多低矮的平顶白屋组成的长方形，还有两幢更大的建筑物，像是小巧的正方形小屋堆积在那些更长更大的屋子顶上，分别矗立在长方形的两端，相当倾斜地遥遥相对。每一幢小房子都是耀眼的白色，除了平坦屋檐及其下面突出的大圆横梁末端以外。在广场外面有一道牧场围栏，里面则是种植花草树木的花园，以及各种各样的小房子。

一个人也看不见。他们默默地穿过那些房屋走进中央广场。这是个空旷而荒芜的地方，无数代人的足迹挨家挨户地走来走去，已经把地面踩得很光滑。所有没有窗户的房子的大门都朝向空旷的广场，但是全都紧闭着。门槛边上堆放着木柴，有个土窑还在冒烟，可是却没有任何生命活动的迹象。

那位老者直接穿过广场走到尽头的一幢大房子里，它上面的两层，像是用玩具积木搭的房子一样，一层比一层小，外面有一道石梯，通向一层楼的屋顶。

抬担架的人在楼梯口停住不动，把那个女子放到地上。

"你可以上去了。"那个会西班牙语的年轻印第安人说。

她爬上石梯，走到第一座房子的土制屋顶，那儿围绕着第二层楼房的墙壁形成一个平台。她沿着这个平台走到这幢大房子的背面。他们从那里又下楼，走进后面的花园。

到目前为止他们没有遇见任何人。但现在出现了两个人，没戴帽子，头发扎成长长的辫子，穿着某种白衬衫，下摆裹着腰布。这些人与三个新来的人一起，穿过红花与黄花盛开的花园，走到一座狭长而低矮的白房子跟前。他们没有敲门就径直走了进去。

屋内光线昏暗。传来男子喃喃低语的声音。好几个男子在场，他们的白衬衣在黑暗中隐约可见，黝黑的脸却隐藏不见。他们坐在远处墙边一根平滑古老的原木上面。而且除了这跟原木以外，房间内似乎空无一物。但是并非如此，黑暗中的另一端放着一张卧榻，类似于床，有人躺在上面，盖着皮草。

那个刚才护送女子过来，身穿斑点瑟拉佩肩毯的印第安老人，脱下了帽子、毛毯和凉鞋。他把它们放到一旁，走近卧榻，并低声说话。好一阵子都没有回应。随后一位脸庞黝黑可见、缠绕着雪白头发的老者，如同被唤醒的幻象一般，用一只胳膊撑起身子，在紧张的沉默之中，茫然地望着众人。

那个灰白头发的印第安人再次说话，而这时年轻的印第安人则拉着那个女子的手，领着她走上前去。她身穿亚麻制的女式骑装，黑色的马靴和帽子，以及小得可怜的红领带，站在那个很老、很老的男人躺着的覆盖着皮草的床边。那个老人起身而坐，用一个胳膊支撑着，像幽灵一样遥远，他的白发零乱地披散着，脸庞几乎是黑色的，却带着一种不属于这个世界的、来自远方的专注，探身向前注视着她。

他的脸庞那么苍老，就像黑色的玻璃，而他嘴唇和下巴却令人惊奇地冒出了几根卷曲的白色胡须。长长的白发蓬松混乱地垂在玻璃般黝黑的脸颊两侧。在雪白稀疏的眉毛下，老酋长黑色的眼睛看着她，仿佛从久远、久远的阴间看着她，并且看到了一些从未被发现的东西。

终于，仿佛是在对着黑暗的空气，他说了几句深奥空洞的话。

"他说，你愿意把你的心交给奇尔奇威人的神吗？"年轻的印第安人翻译道。

"告诉他是的。"她机械地说。

停顿了一下。印第安长者继续说，好像在对着空气说话一样。在场的其中一人走了出去。永恒的寂静，充斥着昏暗的房间，唯有敞开的门口射进来些许亮光。

女子环顾四周。四个花白头发的老人脸朝着门口坐在墙边的圆木上。另外两个人，强壮而冷漠，站在门旁。他们都是长发，身穿下摆连着缠腰布的白衬衣。他们健壮的双腿赤裸而黝黑。一阵沉默宛如永恒。

终于，那个男人回来了，手臂上搭着黑白相间的衣服。年轻的印第安人接过衣服，递到女子面前，说：

"你必须脱掉你的衣服，然后把这些穿上。"

"假如你们所有男人都出去的话。"她说。

"没人会伤害你的。"他平静地说。

"你们在这里的时候不行。"她说。

他朝门旁的两个男人看去。他们便飞快地上前，乘她站立时突然抓住她的双臂，没有弄疼她，但是力气很大。这时两个老者走过来，用锋利的刀子技巧娴熟地割裂她的皮靴，把它们脱掉，然后划开她的衣服以便从她身上滑落。不一会儿，她露出了赤裸白皙的身体。卧榻上的老人说话了，随后他们把她转过身去给他看。他再次说话，而后年轻的印第安人灵敏地从她美丽的头发上摘下发夹和梳子，于是她成串蓬乱的头发披散在肩膀上。

然后那个老者又说话了。印第安人便将她领到床边。那个白发苍苍、黑如玻璃的老者把自己的指尖放到嘴里沾湿，极其灵巧地触碰她的胸部和身体，接着是背部。而当指尖滑过她的肌肤时，她每次都奇怪地畏缩，好像是死神本人在触摸她。

她几乎是悲哀地惊讶于为什么自己赤身裸体却不感到羞耻。她只是觉得悲伤而失落。因为没人感到羞愧。那些年长的老者全都由于另一种深沉、阴郁和令人费解的情绪而忧虑紧张，这倒缓解了她的激动烦乱，同时那个印第安年轻人的脸上有种心醉神迷的奇怪表情。而她，她只觉得彻底的陌生以及不能自持，仿佛她的身体不再属于她自己。

他们把新的服饰给她：一件长长的白色棉质衣服，直到她的膝盖；然后是厚厚的蓝色羊毛束腰外套，绣着鲜红碧绿的花朵。外套只扣住半边肩膀，用红黑两色羊毛编织的饰带系着。

她就这样穿好衣服以后，他们把她带走，赤着脚，来到用栅栏围住的花园中的一间小屋子里。年轻的印第安人告诉她想要什么都可以。

她请求要些水洗身体。他便拿来一大罐水，以及一个长木瓢。随后他扣牢她的屋门，把她关在里面。她可以透过房门木板上的缝隙，看到花园里红色的花朵，还有一只雀鸟。她听到一阵悠长、沉重的鼓声从大房子的屋顶传来，在她听来它的召唤神秘怪异，房顶上有个提高嗓门的声音说着古怪的语言，以遥远而冷漠的语调，正在发表演讲或传递消息。而她听起来仿佛是来自阴间的召唤。

可她十分疲倦。她躺在皮革制成的卧榻上，把深色的羊毛毯拉过来盖在身上，随后就睡着了，忘却一切。

她醒来时已是傍晚，那个年轻的印第安人端着一个装满食物的筐箩走进来，里面是墨西哥玉米饼和肉丁玉米粥，大概是羊肉，蜂蜜做的饮料，还有几颗新鲜的李子。他还给她带来一个长长的花环，由红黄两色鲜花编织而成，末梢打结处是蓝色的花蕾。他取了些罐子里的水喷洒花环，然后带着微笑递给她。他看上去非常文雅而体贴，但在他的脸上和黑色的眼睛里是胜利和狂喜的神情，这让她有一些害怕。在弯曲的黑睫毛下，这种闪光从那双黑眼睛中消失，而他看着她，带着这种不太像人类的、奇怪、温柔、灼热的狂喜眼神，极度没有个人色彩，令她心神不安。

"你需要什么吗？"他说，声音低沉、缓慢、悦耳，似乎总是有所抑制，好像他在跟另一个人窃窃私语，或者他不愿意让声音传到她那里去似的。

"我将被当成囚犯关在这里吗？"她问。

"不，你明天可以到花园里走走。"他温柔地说。总是如此古怪的关怀。

"你喜欢那饮料吗？"他说，递给她一个陶制的小杯子。"它很让人提神的。"

她好奇地啜饮那杯液体。它是由药草制成，加入蜂蜜变甜，还有一种挥之不去的奇怪香味。年轻男子满意地注视着她。

"它有种独特的味道。"她说。

"它很提神的。"他回答，他的黑眼睛总是带着心满意足的狂喜神色停留在她身上。然后他离开了。不久之后她就开始恶心，接着剧烈地呕吐，仿佛她根本控制不住自己。

后来，她感受到一种抚慰人心的倦怠渐渐向她袭来，她的四肢感到牢固而松弛，并且浑身软弱无力，她便躺到卧榻上倾听着村庄里的声响，注视着泛黄的天空，闻着正在燃烧的雪杉或松木所散发的气味。她清晰地听到小狗的狂吠，远处拖沓的脚步声，轻微的说话声，她敏锐地发现烟味、花香，还有夜幕降临的气息，她真切地看到一颗遥远闪亮的星星在落日上方的天际移动，以至于她觉得自己所有的感官好像都扩散在空中，她能够辨别出夜晚花朵开放的声音，还有巨大的气流带互相穿越滑动时天空中那水晶般清澈而真实的声响，空中上升与下降的水气好像宇宙中的竖琴一样发出回响。

她是被囚禁在房子里、在栅栏围住的花园里的俘虏，但她几乎并不介意。几天之后她才意识到从未见过别的女子。只有男人，大房子里的那些老者，她猜测那房子肯定是某种庙宇，而那些男人则类似于祭司。因为他们总是穿着同样颜色、红橙黄黑相间的衣服，并且同样严肃、抽象的、出神的举止。

有时会有一个老人过来跟她一起坐在屋子里，完全沉默。所有的人除了印第安语不会说其他语言，唯一例外的是那个年轻人。那些老者会对她微笑，并且每次陪她坐一个小时，当她说西班牙语的时候他们不时会报以微笑，却从不回答，除了这种看起来仁慈而迟缓的笑容。他们散发出一种几乎是慈父般的关怀之感。然而他们的黑眼睛，笼罩着她，在眼睛深处是某种令人敬畏的凶恶与残酷。假如他们觉察到她在注意的话，立刻会用微笑掩饰。但她已经看在眼里。

他们总是用这种古怪而客观的关心来对待她，这种全然不带个人色彩的温柔亲切，就像老人对待孩子那样。但她感觉到在这表象之下有另外的某种东西，某种可怕的东西。每当年老的来访者带着父亲般的形象沉默隐匿地离去时，一种恐惧震惊之感便会袭遍她全身；尽管她并未意识到那是什么。

那个年轻的印第安人会坐着跟她随意地聊天，好像非常坦率。但是她觉得他也未能说出一切实情。或许那是无法用语言表达的。他黑色的大眼睛几乎充满怜爱地凝视她，还带着狂喜，他用动听、缓慢、倦怠的声音说出简单而不合文法的西班牙语。他告诉她，他是那个很老、很老的人的孙子，是穿豹纹瑟拉佩肩毯那人的儿子。他们是酋长，是很久很久以前的国王，甚至早在西班牙人到来之前就是。而他自己则去过墨西哥城，当然还去过美国。他曾作为劳工在洛杉矶修建公路。他最远到过芝加哥。

"那么，你不会说英语吗？"她问。

他凝望着她的眼中流露出一种口是心非、矛盾抵触的古怪神色，然后他一言不发地摇了摇头。

"当你在美国的时候，怎么处理你的长头发？"她问道，"把它剪掉吗？"

再次，他的眼中显出痛苦的神情，他摇了摇头。

"不，"他说，嗓音低沉减弱，"我戴上帽子，还用头巾把脑袋周围裹住。"

然后他又陷入沉默，好像沉浸在痛苦的回忆里。

"你是不是你们这些人当中唯一去过美国的？"她问他。

"是的。只有我一个人曾离开这里很长时间。其他的人都很快就回来，在一周之内。他们不太外出。老人们不允许他们那样做。"

"那你为什么去呢？"

"老人们想让我去——因为我将来要当酋长——"

他说话时总是带着天真，一种孩子气的直率。但她觉得这或许只是他的西班牙语产生的效果。或者，也许对他而言连讲话都完全是不真实的。总之，她觉得所有真实的事物都被隐瞒起来。

他经常来陪她坐着——有时超出她的期望——好像他想要接近她。她问他是否已结婚。他说结婚了——有两个孩子。

"我想见见你的孩子们。"她说。

但他仅仅用微笑作答，一个几乎欣喜若狂的甜蜜笑容，上面那双黑眼睛几乎没有变化，仍是高深莫测的心不在焉。

令人好奇的是，他连续好几个小时陪她坐着，甚至不会引发她的自我意识或性别意识。当他安静、文雅、表面顺从地坐在那里，头微微往前倾，瀑布一样的黑发如少女般披在肩上，他看起来好像没有性别。

然而她再次望去时，看到他的肩膀宽阔有力，眉毛乌黑平直，低垂的眼睛上睫毛短促弯曲顽固，强壮的下巴和微黑的厚嘴唇上，翘着一簇细微的茸毛状的胡须，这使她明白了，以另一种神秘的方式看来，他有着一种黑暗而强大的男性气质。而当他感觉到她在注视着他时，即以一种阴郁而闪烁的眼神，迅速地朝她瞥一眼，但很快又用他那半含忧伤的微笑掩饰了过去。

时间一天一天、一个星期一个星期地过去了，她的内心处于一种朦胧的满足状态。有时候她意识到无法左右自己，就会感到不自在。她已经无法控制自己，却被其他的东西所掌控着。因而有时候她会陷入恐惧和惊骇之中。然而，在这时候，印第安人就会过来陪她坐坐，通过他们极为沉默的存在方式，他们悄然无声、无性别差异、强有力的实体存在，对她施以隐匿的咒语。他们坐在那里，似乎要攫取她的意志，让她丧失自己的意志，屈从于自身的冷漠。那个年轻人会带给她甘甜的饮品，通常是同一类有催吐功效的饮料，但有时也会是其他品种。喝完以后，她的四肢沉重乏力，感觉好像飘浮在空中，倾听着，似乎听到了什么。他们给她送来一只小母狗，她把它叫作弗洛拉。曾有一次，她在恍惚之间感到自己听见那种小狗的子宫怀孕了，开始变成怀胎的复合体。还有一天，她听到了地底下传来巨大的声响，有些像万箭齐发时发出的轰隆声。

但是随着白天变得愈发短暂和寒冷，她感觉到了寒意，就会突然间恢复想要逃离的欲念。而且她也向那个年轻人强调自己想要离开的想法。

有一天，他们让她爬到她所居住的大房子的屋顶上，俯视着广场。那天是一场盛大的舞会，但并不是每个人都在跳舞。女人们怀里抱着孩子，只是站在门廊上看。相反的，在广场的另一端，人们蜂拥在另外一幢大房子前，还有一小群穿着光鲜的人们在一楼的平顶上，就在上一层楼敞开的门口前面。透过这些敞开的大门，她能够看到黑暗中闪耀的火光，以及戴着黑黄相间的头饰和猩红色羽饰的祭司们，穿着黑红黄三色的像长袍一样的毯子，镶有绿色的长条纹，走来走去。一只大鼓缓慢而有节奏地敲击着，以印第安式的肃静，发出密集的鼓声。下面的人群在等待——

随后，一只鼓敲响了高亢的鼓声，男人们唱起了低沉有力的歌，那是一个沉重而狂野的曲子，像远古森林中呼啸的风。许多成年男人像一阵风似的，异口同声地唱着歌；跳舞的人排成长长一列，从大房子底下走出来。男人们赤裸着黄铜色的身体，披散着长长的黑发，在他们的手臂上，插着一簇簇黄色的和红色的羽毛，身上穿着白色呢绒的短褶裙，腰间围着红黑绿三种颜色的腰带，上面密密麻麻地绣满了花，他们微微地向前弯曲，用专注而单调的舞步踩着地板。他们腰带后面挂着一张美丽奢华的狐狸皮，摇摆的时候狐狸尾巴也随着舞者的脚后跟上下晃动。在每个男人身后，都有一个女人，戴着用羽毛和贝壳精心制作的奇怪头饰，穿着黑色的束腰短外套，正挺直身子移动着。每只手上都举着一簇羽毛，有节奏地摇摆着腰肢，用她那双赤足轻轻敲击着地面。

因此，长长的舞蹈队伍就在房子的对面铺展开来。从她下面的大房子中，散发出奇怪的香味和紧张的寂静，而作为回答的是野蛮的男性的歌声以及长长地展开的舞蹈队伍。

这种情形持续了一整天，鼓声持续不断，那些瓮声般的男性歌声如暴风雨在呼啸，在男人踩着地面的强有力的双腿后面，狐狸皮在不断地摇摆着。蔚蓝的天空中秋日的太阳洒在如河流般的男人和女人们的黑发上。寂静的山谷，远处的岩壁，纯净的天空下矗立着庄严巨大的群山，山上白皑皑的积雪在蒸腾。

她着了魔似的一连看了好几个小时，好像被麻醉了一般。在持续不断的可怕鼓声和原始、急速、低沉的歌声中，那拖着狐狸尾巴的男人在无休止地跺着脚舞动着，那些如鸟一般直立着的女人们正迈着沉重的步伐，最后，她似乎感觉到了自身的死亡和自我的消泯。仿佛她将从这片生机勃勃的土地上再次消失。从那些总是全神贯注的女人头上耸立着的奇怪的象征物中，她好像又一次念到"弥尼、弥尼、提客勒、乌法珥新"。[1] 她那种女性气质，极度的自我和个性，又一次消失了，而那巨大的远古符号再次高耸于堕落的女性个人自由之上。那个有着良好教养的白人女性的敏感而战抖的神经质的意识将再次被摧毁，女性气质又一次被抛掷到非人的性交和激情的洪流中。奇怪的是，她好像拥有了洞察力，能够看到盛大的祭祀在酝酿着。随后她带着一种恍惚的疼痛回到了她的小房子里。

从此以后，当她在夜晚听到鼓声，听到男人们围着鼓唱歌时发出的奇异而高亢的野蛮声音——就像野蛮的生物在对着无形的月亮之神和已经消逝的太阳呼号，她就会感到某种痛苦。丛林狼似笑还哭的声音，狐狸狂欢时的呼号、远处的狼发出的野蛮忧郁的狂嚎、美洲豹被折磨时发出的尖叫，以及远古凶狠的男人的固执性情，他们那已经消逝的柔情和永恒不变的凶残本性，都令她感到痛苦。

有时她会在日暮之后爬上高高的屋顶，聆听广场不远处的桥上隐约模糊的一群男子围拢在鼓旁歌唱，一连持续好几个小时。有时会有篝火，在绚丽的火光中，身穿白衬衣或除了系着束腰布以外赤身裸体的男子，像幽灵鬼怪般跳舞和跺脚，在黑暗寒冷的空气中持续，在火光之中，像火鸡似的不停跳舞跺脚，抑或蹲在篝火旁边休息，将毛毯到处乱扔。

1　语出《圣经·旧约》。这是写在巴比伦伯沙撒国王的宫殿中的话，丹尼尔将其译解为伯沙撒统治终结的预言。

"你们为什么都穿同样颜色的衣服呢?"她问那个年轻的印第安人,"为什么在你们的白衬衣外面,都有红色、黄色和黑色?而女性则穿黑色的束腰外衣?"

他古怪地注视着她的眼睛,脸上浮现出模糊、推托的微笑。在笑容背后是温和奇怪的恶意。

"因为我们的男人是火焰和白昼,而我们的女人是夜晚星星之间的黑暗。"他说。

"难道女人们甚至连星星都不是?"她说。

"对。我们认为她们是星星之间的黑暗,把星星彼此分隔开来。"

他古怪地看着她,眼中再次显现出嘲笑的神色。

"白人,"他说,"他们一无所知。他们就像孩子,总是离不开玩具。我们了解太阳,我们还了解月亮。而且我们认为,当一个白人女子把自己奉献给我们的神灵时,我们的神灵便会重新创造世界,白人的诸神则会粉碎崩溃。"

"怎样奉献自己呢?"她急忙问道。

而他,迅速地掩饰,用一个微妙隐晦的微笑掩饰自己。

"我的意思是,牺牲了自己的神,皈依我们的神。"他抚慰地说。

但她并未消除疑虑,一阵出于害怕与必然的冰冷的剧痛萦绕心头。

"太阳活跃在天空的一隅,"他继续说,"而月亮则住在另一端。男人必须始终让太阳在其所处的一侧保持愉快,女人不得不让月亮在另一侧保持安静。她必须始终致力于此。在天空中,太阳从未进入月亮的领地,月亮也从不进入太阳的领地。因此,女人邀请月亮进入她体内的洞穴,男人牵引着太阳直到他获取太阳的能量。他一直这样做。

然后当男人得到女人时，太阳就进入了月亮的洞穴，那便是世间万物
的开端。"

她倾听着，仔细地盯着他，如同注视着另一个语带双关的敌人。

"那么，"她说，"为什么你们印第安人不是白人的主宰者呢？"

"因为，"他说，"印第安人衰落了，而且丧失了掌握太阳的力量，
所以白人偷走了太阳。但是他们无法保留他——他们不知道怎么做。
他们得到了他，却不知道将他如何处置，就像一个男孩抓住一只大
灰熊，既不能杀死他，也不能从他身边逃离。白人男子不了解如何
与太阳相处，白人女子不懂得怎样对待月亮。月亮对白人女子发怒
了，如同一头被人杀掉幼崽的美洲狮。月亮，她从内部咬伤白人女
子，"他按了一下自己的侧面，"月亮在白人女子的洞穴里很生气。
印第安人，能够看得出来——而且很快，"他补充道，"印第安女子
会重新取回月亮，让她安静地待在她们的房子里。印第安男子则会
获得太阳，以及控制整个世界的力量。白人男子不知道太阳为何物。
他们永远不会知道。"

他陷入一种奇异而兴奋的沉默。

"可是，"她战抖地说，"你们为什么那样憎恨我们？你们为什么
恨我？"

"不，我们不恨。"他温柔地说，眼里带着古怪的闪光注视着她
的脸。

"你们恨。"她说，凄惨而绝望。

片刻的沉默之后，他起身离开。

三

　　冬天已经降临深谷，积雪在白日的阳光下消融，夜晚变得异常寒冷。她迷迷糊糊地活着，感觉体内的能量正渐渐退却，仿佛就要离她而去。她觉得自己一直处于放松的困惑和罪恶的状态。而甘甜的草本饮料可以使她的意志完全麻木，让她感到松弛，直到进入一种高亢、神秘的敏锐状态，使她在事物的和谐状态中感到甜蜜的晕眩。这是她后来唯一能觉察的意识：一种沉浸在更高层次的美好与和谐的精致的感觉。随后，她透过自己的房门，能真切地聆听到天空密布的星群，说出它们的移动和明亮，也说出宇宙间完满的事物，正如它们沿着准确的规律在运行一般，好像苍穹之墙上悬挂的钟表，随时而动，而且在漆黑的天幕中，排着队挑起了永恒之舞。她还能听到寒冷多云的天气中闪亮的白雪在空中窃窃私语，就像候鸟集结成群，在秋天到来之际一齐飞离，告别朦胧的月色，在广袤的天际一掠而过，留下和平的暖意。她想阻止雪花从天空飘落。她期待着朦胧的月色能中止愤怒，就像一个待在房子里想要熄灭自我的怨怒的女人，在朦胧的太阳光下重新恢复平静。当太阳的和平在此与月亮的和平部分重叠在一起的时候，当雪花清冷的芳香流泻下来之时，她在冬天的苍穹下嗅到了月亮的甘甜在朝着太阳释放。

　　她同时觉察到了深谷中印第安人的影子，他们带着深沉而坚忍的愁苦，在内心深处存在着宗教情结。

　　"我们的内体失去了太阳的能量，得赶紧将它找寻回来。但它对我们很野蛮，害羞起来却像一匹狂奔的马。我们必须尽力地去克服。"那个年轻的印第安人对她说话的时候，眼睛意味深长地注视着她。而她则好像被施了魔咒般地回答道：

"我希望你能将它寻回来。"

一丝胜利的微笑掠过他的脸庞。

"这是你希望的吗？"他说。

"是的。"她笃定地回答。

"那好吧。"他说，"我们应当去争取得到它。"

随后他兴奋地离开了。

她感到自己漂浮在某种完满的状态中，没有想到要去躲避，这显得很沉重，而且最终还令她产生了可怕的感觉。

当她再次被带到那个老酋长面前，脱下衣服，被年迈的指尖触碰的时候，已经是十月份了，白昼也变得短暂起来。

年迈的酋长用疏远的黑色的而且是充满热情的孤独眼神看着她，还对她嘟囔着些什么。

"他想让你发出和平的信号。"那个年轻的男人用身体语言向她转述道。"他让你给予他和平并跟他告别。"

她为那个老酋长的黑色透明而又激情洋溢的眼睛所痴迷，那双眼睛一眨不眨地看着她，像一条蜥蜴一般控制着她。在他们的内心，她同样看到了一种父亲般的温情和善意。她应他们的要求，将手放在脸前，做出和平和道别的姿势。他也向她表达和平与告别。然后连着他的皮袄一齐坠落了下来。她觉得他就要死了，他自己也这么认为。

第二天举行了仪式，在所有人面前，用一只织着白色藤条的蓝箱子将她带走，并且让她手里握着蓝色的羽毛。在一个摆设着神坛的房间里，她被洒上熏香和烟灰。在另一个房子的神坛，她再次被一大群穿着黄、红、黑三色衣服的吓人的祭司施以熏蒸，他们脸上涂着猩红色的图画。他们朝她撒了一些水。与此同时她能隐约感觉到祭坛上燃烧的火焰，听到沉重的鼓声，男人沉郁的声音开始唱起有力、深沉和野蛮的歌，底下的广场上人头攒动，都在跳着一支神圣的舞蹈。

这个时候，她平常的知觉已经麻木了，她意识到自己被一些虚幻的影子包围着。她通过改善和升级了的官能，可以听到在地面上犹如一支短箭在空气中穿梭时飞驰的声音，还有那把巨大的弓弦的声响。对她来说，天空之上存在着两股庞大的势力，一股是通往太阳的金色晖芒，另一股则是看不见的银光；前者像雨一样行进着，向着太阳金色的地域上升，后者则像银色的雨，从天空的阶梯降临，朝向徜徉的隐秘云层，穿越山巅的雪顶。在它们之间，另一个存在在等待着，从神秘地集聚在她周围的潮湿的空气和沉重的白雪中摆脱出来。到了夏季，她就像一只焦灼的老鹰，试图让自己从沉重的太阳光中完全脱离。她被火焰染上了颜色。她经常如一只鹰隼般呼啸着，从雪或者沉重的炎热中挣脱开来。

此外，这里还有着一种奇异的存在，静静地站在辽远的天际，一直注视着。有时御风而行，有时在热浪中闪耀着。蓝色的风从地表的洞穴中涌出，朝着天空呼啸前行，又从天上奔腾着降落地面。蓝色的风像是寓于中间的介质，如看不见的鬼魂归属到两个世界中去，拨弄着雨水上升或者下行的和弦。

她以往身上越来越多的个人化意识已经离她而去，已经进入了另一个激越的宇宙意识状态，像人被注射了药物一般。带有浓重的宗教本质的印第安人，已经让她屈从于他们的幻象。

她问了那个年轻的印第安人一个仅存的关于个人的问题：

"为什么我是唯一一个穿蓝色衣服的？"

"这是风的颜色。这是离开而且永不归来的颜色，但它会一直存在着，就像我们等待着死亡一般。这是死亡之色。这种颜色会站在远处看着我们，但却不能靠近我们。当我们走近时，它就会远离。它是不能靠近的。我们都是棕色的黄色的和黑色的头发，长着洁白的牙齿，流着鲜红的血液。我们会一直留在这里。而你有着蓝色的眼睛，你是来自远方的信使，你不能够留在这儿，而现在是时候让你回去了。"

"回到哪里？"她问。

"到那遥远的事物中去，比如太阳以及蓝色的雨水母亲，去告诉他们我们重新成了世界的人民，而且我们可以将太阳重新带到月亮那儿去，像一匹红色的马进入蓝色的母马之中；我们是世界之民。那个白种女人已经将月亮驱赶回天空，不让她靠近太阳。因此太阳发怒了。而印第安人必须将月亮带给太阳。"

"怎么做到呢？"她问。

"那个白种女人就要死去，像风吹向太阳，告诉他印第安人将为他开门。而印第安的女人将打开抵达月亮的门。白种女人不会让月亮从蓝色珊瑚中走下来。月亮时常降临印第安女人，如同百花丛中的一只白色的山羊。而且太阳会降临在印第安男人的身上，像一只老鹰扑落到松树上。太阳在白种男人面前关闭了，而月亮也将白种女人关在了门外，他们无法离开。他们已经感到愤怒，世上的一切都已经越来越愤怒了。印第安人说，他会将那个白种女人交给太阳，从而使得太阳能够跃过白种男人，重新降临印第安人身上。月亮也将会感到惊奇，她将看到敞开的门，她还不知道怎么到那儿去。但印第安女人将召唤月亮，来吧！来吧！回到我的草地中来。邪恶的白种女人不会再伤害你了。随后，太阳将越过白种男人的头顶，看到月亮回归我们印第安女人的牧场上，在她们周围站着松树一般的红种男人。他将越过白种男人的头顶，快速地穿过云杉树，来到印第安人面前。而穿着红色、黑色和黄色衣服的我们可以留下来，让太阳落在我们的右边，月亮在左边。从而使得我们可以将雨水从蓝色的草地上引下来，又从黑暗之中引上去；我们还可以把风召唤过来，按照我们的要求催促谷物生长，我们可以让云霾消散，让绵羊生下一对对的羊崽。我们将会充满能量，像春天一样。但是白人却像是严酷而少雪的冬天——"

"但是，"女人说，"我并没有将月亮挡在门外——我怎么会这样做呢？"

"是的，"他说，"你把门关上了，然后开始大笑，并以你自己的方式去做了。"

她不太明白他看她时的表情。他的温柔总是那么的奇怪，而他的笑容是如此的柔和。然而他的眼睛在闪烁，言语间流露出某种冷酷无情的厌恶，那是一种诡异、深沉而且是不带感情色彩的愤恨。就个人而言，他很喜欢她，她也很清楚这点。他对她柔情似水，他以一种奇怪的、柔和的却又毫无激情的方式被她吸引。但个人之外，他对她怀有一种神秘的怨恨。他会朝她微笑，带着胜利的意味。但就在下一刻，她趁他不注意的时候，用眼神打量着他，却从他怨怒之后的眼中发现了纯真的光亮。

"我是不是会死去然后被交给太阳？"她问。

"总有一天，"他的笑容有些闪烁。"我们总有一天都会死去。"

他们对她很温柔，也很体谅她。比如那些奇怪的男人、老祭司以及年轻的酋长，都注视着她，把她当作女人来照看。在他们柔软而神秘的认识中，存在着某些女性的因素。然而他们的眼睛都含着诡异的闪烁，他们深沉的紧闭着的嘴巴能够张开到下巴颏的地方，那细小而强壮的洁白牙齿，彰显出非常原始的雄性和残酷。

冬季的一天，下着雪，他们将她带到大房子的一个房间里。房间的角落，有一个高高的垒起的祭坛，其上面还有一个用土坯砌成的盖子或者斗篷之类的建筑，那里的火烧得正旺。在摇晃的火光中，她看到了赤裸的祭司们移动的身体，在房子的屋顶和墙壁上有奇怪的符号。房里没有门窗，他们从屋顶沿着梯子爬下来。松木燃起的火苗在连续不断地跳动着，将那些诡异的让她无法理解的图画映在墙上，屋顶的洞口处奇怪的黑、红、黄三色掺杂的天花板，以及房间里奇形怪状的凹室与壁炉，都是她无法辨识的。

年老的祭司操作着火焰旁边的仪式，一言不发，露出印第安人特有的紧张与沉默。她被置放在火堆对面墙边的一个低矮的凸出物上，两个男人在她身旁坐着。他们一下给她喝一杯水，这让她很满足，因为它可以使她进入半昏迷的状态。

在黑暗的沉默中，她能很明确地意识到发生在自己身上的一切事情：他们怎么脱掉她的衣服，让她站在一个对着墙上的一个蓝、白、黑间杂的巨型奇怪的图案前，用石蒜草泡液[1]冲洗她的全身；甚至柔和细心地冲洗着她的头发，并用白色的衣物拭干，直到它变得柔软有光泽。然后他们将她放在另一个巨大的无法识别的红黑黄相间的图案下的卧榻上，将香气浓郁的精油涂抹她的全身，并且按摩她的四肢、背部和胁下，那是一种长时间的、奇怪的、带有催眠作用的按摩。他们乌黑的手充满了难以置信的力量，但却有着她难以理解的如水一般的

1　Amole：西班牙语。墨西哥人发明的一种用若干种植物制作而成的泡沫液体。

柔和。那一张张黝黑的脸庞，向她白皙的肉身靠近，她被涂抹上红色的颜料，脸颊上涂满黄色的条纹。当他们的手在那个柔软白皙的女人肉体上工作着的时候，黑色的眼眸也在全神贯注地眨巴着。

他们是如此的忘我，全身心地投入到她无法理解的事物中去。他们并没有将她视为一个女人：她能看出来。她对他们而言是一些神秘的物体，她只是他们心中激情的介质，这是令她难以捉摸的。她自己处于恍惚的状态，看着他们在自己面前弯腰的身影，黄色的条纹和透明的红色图案闪现出深沉而诡异的光亮。在这张生动活泼的脸上，仿佛戴上了明暗相间的奇怪面具，眼珠子一动不动的，放射出坚定的光芒，而那涂抹着紫色颜料的嘴唇紧闭着，充溢着阴沉而悲伤的凝重。那巨大的原始的悲哀，最终决定的严酷、坚定的复仇信念，以及胜利在望之际的亢奋——她能从他们表情上感受到这些事情。她躺了下来，任凭他们用神秘而黝黑的手抚摩着，让她体悟到一种迷雾中的辉芒。她的四肢、肉身和骨骼最后都似乎被融化成一片玫瑰色的轻雾，她的意识就像太阳在云彩间飘浮一般。

她知道光芒会消退，云彩会变得灰暗。但现在她并不相信这些。她知道自己只是祭品；所有发生在她身上的这些细致的工作，都只不过是祭祀所需。但她并不介意。她需要如此。

后来，他们给她穿上一件蓝色的短外套，将她带到更高的地方示众。她看到下面的广场上挤满了黝黑的脸庞和闪烁的眼睛。看不出任何的怜悯：只有奇怪而冷峻的兴奋。当他们看到她时，压低了自己的呼喊，这令她感到战栗。但她不大在乎这些。

第二天是最后一天了。她睡在大房子的房间里。他们在拂晓时给她穿上一件花边的蓝色大毯子，带她来到广场上，那里布满了穿着深

色毯子的沉默的人群。纯白色的雪花飘落地面，而那些穿着黑毯子的
黝黑的人群则像是另一个时间的居民。

一面大鼓在慢节奏地敲打着，发出咚咚的声响，一位老祭司在屋
顶上宣告着什么。还没到中午，一副担架被抬了进来，人群中发出了
低沉的野兽般的动人心魄的呐喊。在布袋似的担架上坐着一位最年老
的酋长，他的白发用黑色的绸带和大型的绿松石缠绕着。他的面孔如
一块黑色的岩石。他手举着信物，担架在她面前停了下来。他用年迈
的眼神盯着她，用空洞的声音对她说了一会儿话。没有人翻译给她听。

另一台担架出现了，她被摆到了上面。四名祭司在前面走着，身
穿着红、黄、黑三色的衣服，头上戴着羽饰。老酋长的担架紧随其后。
鼓声复又轻轻敲响，两队歌者同时唱起了雄性而野蛮的歌。那些金红
色的赤裸全身的男人，戴着参加仪式时的羽毛，穿着短褶裙，如河流
般的黑色长发披落肩背，组成两个队列跳起了舞。他们就这么排着两
支长长的华丽的队伍，穿戴着深沉的金红色的黑色皮毛，晃荡时身上
的小贝壳和燧石块叮当作响，鱼贯来到了被雪覆盖的广场。他们摇摆
着，从两簇围着大鼓唱歌的密集人群中穿过雪地。

他们慢慢地走了出去，抬着她的担架上，挂满了五颜六色的羽毛，
祭司们跳着舞跟在后头。所有的人都保持队列，跳着舞步，甚至抬担
架的轿夫也在轻轻起舞。他们走出了广场，穿过炊烟袅袅的炉灶，一
路来到广袤的杨树林中，光秃秃的杨树，姿态优雅地耸立在雪地上，
像蓝色的天空中垂下的银灰色流苏。低处的河流在冰凌间流动着。栅
栏内有着方格图案的花园也铺满了雪，洁白的房子如今看上去已经泛
黄了。

整个山谷被白雪覆盖着，发出耀眼的光芒，一直延伸到高高耸立

的岩石墙壁。那一长串的舞队，就沿着这片平坦的雪地蜿蜒行进，一列橙色的和黑色的人群，缓缓地一齐舞动着。鼓声高亢而迅猛，在水晶般凝结的空气中摇摆着，唱着野蛮的颂歌，像着了魔似的呼啸前行。

她坐在担架上，蓝色的大眼睛往外张望着，在麻醉过后显露出了疲倦的迹象。她知道她即将死在这片白茫茫的雪地反射出来的光芒中，死在这些华丽的野蛮人手上。当她凝望着那仿佛被刀切割过的山峦上天空的蓝色辉芒时，想道："我已经死了。我很快就会从这样的死亡走向最终的死亡，这并没有什么区别。"然而她的心灵还是受到了伤害，感到很难受。

那个奇怪的队列还在前行，跳着舞一直行进着，缓缓地穿过平坦的雪地，走到了松树林当中的山坡上。她看到深铜色的人群在白铜色的树干前列队跳舞。最终，她也随着摇摇晃晃的担架，进入了松树林。

他们一直朝前走着，穿过了树下的雪地，踏着摇摆的沙沙作响的舞步，穿过那有着铜鳞般高大惨白的树木的树林和深山。他们沿着一条河床行进：但是河流由于源头被冰封起来，已经变得干涸，就像夏天时候的样子。暗淡的红铜色的杨柳树枝，如同蓬乱的头发一般，颜色惨白的白杨树，在大雪的覆盖下，仿佛成了冰冷的冻肉。接下来的是突兀的黑色岩石。

最后，她能意识到跳舞的人群不再向前行进了。鼓声越来越近，好像一窝神秘的野兽。接着，她穿过了灌树丛，进入了一片圆形的地域。迎面而来的是一面巨大空洞的岩壁，前面垂挂着一根长牙般的滴着水的大冰柱，好像从云层之上倾泻而下一般，整齐地直立着，从高高的天际滴落水珠，滴到空洞的岩石下，那里的泉水应当在低洼处，但那个水塘却是干涸的。

在干涸的水塘的另一边，跳舞的人排列成队，人们还在背对着灌树林不停地跳着舞。

但她感觉到的是如长牙般倒挂着的冰柱，从黑暗的岩壁上垂落下来。而在那根如巨大的绳索般的冰柱背后，是祭司们豹子般的身影，沿着岩壁表面攀爬着，进入了半山腰的洞穴，那仿佛是在黑暗的眼窝上抠出来的一个窟窿。

在她反应过来之前，抬担架的人已经晃晃悠悠地一步步爬上岩壁。她也来到了冰柱的背后，像一幅没有展开的幕布，垂挂着像一枚巨大的长牙。在上方不远处，就是那个如窟窿般深陷在岩壁里的洞穴。她晃荡着上去，眼睛一直盯着那个洞口看。

祭司们站在洞穴的平台上，穿戴着华丽的羽饰和流苏的长袍在等待着她上来。其中两个弯下腰来帮了一把抬担架的人。她终于也来到了洞口的平台上，已经是深入到了冰柱的背面。在他们的脚下是深陷下去的圆形场地，男人们围着灌木丛跳舞，整个村里的人都默默地聚集在一起。

太阳在午后的左上方天空开始沉落，她知道这天是一年中白昼最短的日子，也是她生命的最后一天。他们让她面朝冰柱站着，这根奇妙无比的冰柱，就垂落在她的面前。

按照信号的指示，底下的舞蹈停了下来。一片寂静。她被赋予一点喝的，随后两个祭司脱下了她的披风和外套，她站在那里，在祭司们拂动的长袍间，在冰柱的背后，在黑压压的人群上方，她的身体显得格外的白皙。山下的人群发出了低沉野蛮的嚎叫。然后祭司们将她转过身来，让她背对着外面的世界，她那长长的铜色的头发向着人群垂落下来。他们再一次呼喊起来。

她面对着里面的洞穴。在洞穴深处，一簇火焰正在燃烧和闪耀。四名祭司脱下长袍，跟她一样赤裸全身。他们身上有着原始的生命力，黝黑的涂满颜料的脸庞低垂着。

最年迈的酋长拿着一只香料盘子，从火堆中走来。他赤裸着身子，脸上充满了野蛮的高亢的神情。他用香料蒸熏着祭品，用一种空灵的声音默念着什么。另一个祭司从他背后走来，手里拿着两把燧石刀。

在她被香薰了之后，他们将她摆放在平台的石头上，那四个力大无比的男人用强壮的肩膀和大腿抬着她。后面站着年迈的酋长，就像覆盖在黑色的玻璃上的一副骷髅，拿着一把刀，全神贯注地望着太阳；在他背后的还是另一个光着身子、手拿石刀的祭司。

她似乎意识到了什么，尽管她知道一切都已经发生。她转过头来望着天空，看到了黄色的太阳在沉落。那根冰柱如影子般矗立在她和太阳之间。她还看到了黄色的阳光填满了半个洞穴，但是还没有照到漏斗型的洞穴底部的祭坛上的火焰。

确实，太阳光在缓缓移动着。随着光线渐渐转成红色，也探入了洞穴的深处。当红色的太阳即将落山时，已经是完全地照到了凹陷的岩壁深处的冰柱，一直照到岩洞的最深处。

她意识到为什么那些人要等到这个时候了。甚至是那些摁住她的手脚的人都弯下腰来歪扭着身子，漆黑的眼睛眺望着太阳，充满了渴望、敬畏和急切的神情。年迈的酋长的黑眼睛像黑镜子一样注视着太阳，似乎已经瞎了，然而眼神中却还包含着对那个在冬天变得愈发红艳的星球的可怕回应。在那个越来越红艳的如冰雪般沉默的冬日午后，所有的祭司都目不转睛地注视着那个下沉的球体。

他们变得焦虑起来，令人恐惧的焦虑，而且凶猛异常。凶狠的他们在寻求着什么东西，他们在等待着时机。他们的凶狠准备着一跃成为一种神秘的胜利的狂喜。但他们目前还在焦虑着。

只有那个最年迈的男人眼中没有焦虑。那是一双坚定的、仿佛瞎了一般的黑眼睛，望着太阳以及太阳周围的事物。在他们黑暗而空洞的专注中充溢着力量，那是一种强烈的抽象而遥远的力量，但是很深沉，一直沉到地球的心脏和太阳的中心。他用一种坚定的眼神目不转睛地望着太阳，直到它将光芒穿透冰凌。时候一到，那个老男人就会拔刀刺击，直中要害，完成献祭的过程，并从中获取能量。

这就是人类必须守护的支配力，并将其世世代代沿袭下去。